今天如何读经典

刘 勇　李春雨◎主编

# 晚翠之树

今天如何读汪曾祺

任敏 著

中国人民大学出版社

·北京·

**图书在版编目（CIP）数据**

晚翠之树 ：今天如何读汪曾祺 / 任敏著. -- 北京 ：中国人民大学出版社，2021.3

（今天如何读经典／刘勇，李春雨主编）

ISBN 978-7-300-29025-6

Ⅰ. ①晚… Ⅱ. ①任… Ⅲ. ①汪曾祺（1920–1997）–文学研究 Ⅳ. ①I206.7

中国版本图书馆CIP数据核字（2021）第034199号

今天如何读经典

刘 勇 李春雨 主编

**晚翠之树：今天如何读汪曾祺**

任 敏 著

Wancui zhi Shu: Jintian Ruhe Du Wang Zengqi

---

| | | | |
|---|---|---|---|
| **出版发行** | 中国人民大学出版社 | | |
| **社　址** | 北京中关村大街31号 | **邮政编码** | 100080 |
| **电　话** | 010–62511242（总编室） | | 010–62511770（质管部） |
| | 010–82501766（邮购部） | | 010–62514148（门市部） |
| | 010–62515195（发行公司） | | 010–62515275（盗版举报） |
| **网　址** | http：//www.crup.com.cn | | |
| **经　销** | 新华书店 | | |
| **印　刷** | 涿州市星河印刷有限公司 | | |
| **规　格** | 890 mm × 1240 mm　1/32 | **版　次** | 2021年3月第1版 |
| **印　张** | 6插页1 | **印　次** | 2024年9月第3次印刷 |
| **字　数** | 101 000 | **定　价** | 32.00元 |

---

# 引 言

## 虽晚仍翠枇杷树

导 读

近些年，汪曾祺的名字频频出现在各大阅读媒体、平台上，他的粉丝数量很多，这个严肃的作家成了新的“网红”，他的著作再版已经超过了几百种，远远超出了他生前出版的数量。这棵六十岁才结果的枇杷树，为何越晚越翠呢？

一说到关于吃食的文章，我们很容易就想起《端午的鸭蛋》；一想到鸭蛋，就不免想起那个爱吃的老头汪曾祺。这个老头很奇怪，鲁迅那个时代出生，一直到六十岁才出名，生命的最后十七年疯狂写作，留下了十二卷的文字，登上了文坛大家的席位，走进了文学史。更令人称奇的是，他逝世至今已二十余年，却越来越受读者们的热捧，他的著作再版已经超过了几百种，远远超出了他生前出版的数量。在新的快、短、浅阅读平台和途径上，这个严肃的老头竟然爆红，网络上到处都流行着他的金句，比如："世间许多事，想想很有意思""人生，一定要爱着点什么"，一些不是他的话也被冠以他的名字。民间不难见到很多自发的汪迷。他生前跟家人调侃自己是要进文学史的，但他可能没料到他死后二十余年了还这样红，而且肯定还要红很久。他的愿望——"我愿意悄悄写东西，悄悄发表，不大愿意为人所注意"①，是不大能实现了。

然而，在如此庞大的阅读群体面前，对于一个爆红的作家提出这样一个问题——为什么今天我们要读汪曾祺，这是令人奇怪的。

对很多读者而言，读汪曾祺是没有门槛的，无论老少抑或文化水平，至少一读就能闻见其字里行间的美味。今天汪曾祺的爆红，最主要的原因是汪曾祺的文字好看、清新、淡雅，在汪曾祺的字里行间读得出满满的生活味道来，在他的文章里寻得见鲜活的生活烟尘。但事实上，汪曾祺带给我们的不仅仅是吃。除了吃家以外，他还有很多名号，如被誉为"抒情的人道主义者""中国最后一个纯粹的文人""中国最后一位士大夫"。细究这些名号，我们不难发现，他与传统中国有着某种微妙的联系，他人道主义的精神品格值得我们关注。除此以

① 汪曾祺．回到现实主义，回到民族传统//晚翠文谈．杭州：浙江文艺出版社，1988：28.

外，他在文学史上的地位和影响也不容忽视。所以，提出这个问题，实际上问的是我们为什么要读经典。这既是为喜爱汪曾祺的读者提出的，更是为那些不读或根本不了解汪曾祺的人提的一个问题。这个问题要谈的既是汪曾祺的可读性，更是读汪曾祺的必要性。可读性是一个作家的作品要好看，必要性则是一个作家的价值和意义。任何一个作家的作品在人类的精神史上具备了阅读的必要性就有可能成为经典，如果加上了可读性就可能畅销永远，这就是要读汪曾祺的原因。

读汪曾祺的理由有很多，首先可能就是他的文章很“好吃”。他的文章里不仅有冒红油的咸鸭蛋，还有黄油烙饼、塞了肉馅的油条，还有四川的麻婆豆腐，广东老太太舍得放猪油的鸡蛋饼，昆明种类繁多的菌子以及油淋鸡、过桥米线、汽锅鸡，内蒙古的白煮全羊……太多了。他写如许的美味，还细细品给读者看，甚至做给读者看，告诉读者怎么做好吃，为读者普及食材的知识。汪曾祺曾说：“我不是像张大千那样的真正精于吃道的大家，我是爱做做菜，爱琢磨如何能粗菜细做，爱谈吃。你们看：我所谈的都是家常小菜。谈吃，也是一种对

汪曾祺

生活的态度，对文化的态度。”[①]人生无大事，吃是第一等，如何对待吃就是如何对待生活。汪曾祺抱着对生活最大的热情，终其一生对吃津津乐道。读汪曾祺，享美味，体悟人生一等大事。

其次，汪曾祺的文章很热闹，是逛菜市场、逛步行街的那种热闹，但绝不是逛名牌商场的那种。他的文章里有普通老百姓热气腾腾的生活，能看见手工作坊、布店、酱园、杂货店、炮仗店、烧饼店、卖石灰麻刀的铺子、染坊等，能遇到高邮古城里的挑夫、锡匠、卖紫萝卜的、卖山里红的、卖熟藕的……昆明城里喝茶的、唱围鼓的、吆喝卖“火炭梅”的姑娘、卖跳蚤药的老爷爷……他们全都自得其乐，淡然随意；端午节高邮人手腕上要戴五色丝线，堂屋要贴城隍庙的符，门上要贴五毒，小孩要用雄黄烟子写虎字……过年时昆明人要铺松毛，门上贴唐诗，街上还可以赌劈甘蔗……像一幅幅生动的风俗画。从他的笔下，我们仿佛才恍然大悟，原来生活是可以有诗意的。更重要的是，这些乡风民俗不仅仅是背景，还是小说本身，是人物本身，人物灵魂就在其中展现。欣赏汪曾祺的小说，得会欣赏这份热闹。

汪曾祺的小说里没有宏大精彩的故事，也没有伟大的人

---

① 汪曾祺．汪曾祺全集（五）：散文卷．北京：北京师范大学出版社，1998：460.

物。他习惯将目光投向那些平凡的小人物。他的笔下有活泼开朗、敢爱敢恨的小英子，有腼腆聪明的小和尚明子，还有特别善于炕小鸡的炕房师傅余老五、善于放鸭子的陆长庚、善于接生的陈小手，还有三位患难见真情的老友——开绒线店的王瘦吾、开炮仗店的陶虎臣、画画的靳彝甫，以及勇敢坚毅的薛大娘、善良执着的十一子和巧云……他们生活状态迥异、性格迥异，但无论身处困境或逆境，他们都顺着生活的脉络去活，理解生活，从容应对。这些平凡人身上有一种生命内在的真善美在流淌，是汪曾祺坚持要抒写的“健康和美的人性”。

这种对于“健康和美的人性”的抒写和日常生活之美的发掘要上溯到他的老师沈从文那里。从翠翠到小英子，汪曾祺延续了一种纯文学审美的探索。而这种今天被我们视为平常的探索在80年代已经被遗忘殆尽。因此，读汪曾祺还有一个理由是，他延续了一种被遗忘的文学之美。80年代《受戒》出现的时候，大家都很惊诧与不理解，这个与现实毫无关系、纯粹描写理想世界的故事美得异常。汪曾祺以虔诚和执着的态度去抒写健康而纯美的人性，从他的小说中流溢出一种民族性灵之美，这种追求慢慢得到评论界和读者的接受。汪曾祺将“五四”以来的文学传统中的一部分逐渐与80年代的创作风格有机结合并延续下来；在时代与时代的断裂处，他做了接续的工作。1983年后，贾平凹的《商州初录》、张承志的《北方的河》、阿城的《棋王》、王安忆的《小鲍庄》、李杭育的《最后一个渔佬儿》等作品的发表，相继引起轰动，表明许多作家已经开始了寻根文学的创作，并成为这一文学潮流的主体。

1997年，汪曾祺去世，“中国最后一位士大夫”离开了我们。很多人说他的离去意味着一个时代的离去，这个时代是传统的时代。进入新世纪以来，我们建立了崭新的现代文明，但也意味着我们逐渐与古老中国挥手告别。在汪曾祺这位老人身上，人们读出了诸多传统文化的印迹。他的离去，让我们缅怀一个时代的离去。

汪曾祺出生在一个传统的家庭，自小从祖父和父亲那里受到了良好的传统文学文化的熏陶；他有一身才华，会写戏剧、写文章、画画；他有一份别致自由的生活情趣，赏花、品美食、观世间百态，不重名利；他还有一份从容淡泊的人生态度，颠沛流离大半生，归于文笔波澜不惊，净是一片宁静的美好。这完全就是一个旧式士大夫的形象。

在文学追求上，他曾说：“我的散文大概继承了一点明清散文和‘五四’散文的传统。”[①]他还说：“一个作家读很多书，但是真正影响到他的风格的，往往只有不多的作家、不多的作品。有人问我受哪些作家影响比较深，我想了想：古人里是归

---

① 汪曾祺.《汪曾祺自选集》自序//汪曾祺全集(四)：散文卷. 北京：北京师范大学出版社，1998：95.

有光，中国现代作家是鲁迅、沈从文、废名，外国作家是契诃夫和阿左林。”[①]

从汪曾祺的散文来看，他的确受到明人小品极大的影响，尤其是“以清淡的文笔写平常的人事”的风格。晚明小品文追求“独抒性灵，不拘格套”和“信口而谈”，在文章的取材上趋于生活化、个人化，在文章中表现生活的乐趣，以平淡的语言写出生活的诗意。汪曾祺的文章包括小说的背景大都与家乡的风俗有关，这缘于他自小就爱看街上的各种风俗现象；因为学过绘画，他也爱看各式各样的风俗画。从风俗中，他捕捉到了民间的律动。后来，他又做过与民间文学相关的工作。种种机缘，使他的明人手笔似的风俗画愈有味道。除此以外，他对于山川草木鸟兽虫鱼均报以极大的兴趣与关怀，这与文人的玩物意趣有相投之处。他不讲大道理，完全根据生活体验和自己的喜好，将自己对生活的体悟营造出一种清新淡然又雅趣横生的艺术效果。就是这样的艺术效果，才使读者固执地将他视为传统社会最后的一个影子。

在人生追求上，汪曾祺似乎又是庄子一派的，与阮籍、嵇康、徐渭、袁枚、李渔这类人物有点像，最大的共性是活得很自在，又活得很真实，甚至在庸常或者困顿的日子里都能活

---

① 汪曾祺．谈风格//晚翠文谈．杭州：浙江文艺出版社，1988：99.

出生命的诗意来。西南联大时期，他在学校逃课挂科，自由自在，不拘一格，但闲读无数杂书，最后肄业联大；后又经历时代运动等坎坷，却能平静淡然过来，令其自由的名士气中又掺杂了几许平民气，使其藏在烟火中、藏在市井中得以关注芸芸众生，体味人间百般冷暖，到晚年宝剑铸成，写吃、写人间、写风俗，终于活成了别样的“名士”。

“晚翠”这个名字是汪曾祺自封的，也是有渊源的。云南大学的教授宿舍区有一处叫“晚翠园”，因为此园里种了几十棵枇杷树，汪曾祺曾经常从这里经过。《千字文》里有“枇杷晚翠”这一句，所以“晚翠”应是专指枇杷树的。枇杷树在南方多见，叶片厚且大，常绿不衰，尤其在雨后、雪后，更是翠绿得惊人。这个“晚”是相对于别的植物而言的，大家都绿的时候它不那么显眼，待到大家都叶黄凋落之时，它反而翠绿得发亮，所以叫“晚翠”是实至名归了。汪曾祺说枇杷还有一个特点就是花期极长，从头年的冬天就开出淡黄白色的、不起眼的毛花，一直到第二年春天不知什么时候花才掉了，到端午节才能结出一串串淡黄色的枇杷来，可谓孕期极长。

汪曾祺的创作生涯，像极了枇杷树，酝酿了六十年才终于结果。这六十年是人生经验的积累、心性的磨砺、文笔的酝酿，到老了厚积薄发，结出的自然是硕果。汪曾祺自述：“我自二十岁起，开始弄文学，蹉跎断续，四十余年，而发表东西比较多，则在六十岁以后，真也够‘费劲’的。呜呼，可谓晚矣。晚则晚矣，翠则未必。”[1]翠是自然的，他太自谦了。这棵“枇杷树”不仅翠绿欲滴，还结了一树硕果，淡黄的圆形果实不是很显眼，但一串一串的，看起来很别致。枇杷入口味甘，绵软可口，味道极佳，富含多种维生素，食之还有润肺、止咳、止渴等功效。读汪曾祺的文章亦是如此，好读，谁都能读，读之还有清心净神之功效。

这棵“枇杷树”离开我们已经二十多年了，他结出的果实还滋养着我们呢。

【我来品说】

1. 读汪曾祺的理由有很多，你觉得最大的理由是什么？
2. 汪曾祺今天的火爆和当今的时代有什么必然联系？

---

① 汪曾祺．自序//晚翠文谈．杭州：浙江文艺出版社，1988：2.

# 目 录

## 第一章 一座城孕育一段故事



## 第二章 晚翠之树：八十年代的感情写四十年前的事



## 第三章 《受戒》：四十三年前的一个梦



## 第四章 《人间草木》：绘一幅世俗风情画

## 第五章　《端午的鸭蛋》：吃家的艺术



## 第六章　《鸡鸭名家》：最后一位士大夫



## 第七章　西南联大：数风流名士



## 第八章　今天如何读汪曾祺

# 第一章

## 一座城孕育一段故事

导读

自古以来，我们总相信一方水土养一方人。一个地方的山川风物的影子、自然习性，甚至一个城市的风格，都会投射到当地人身上，从而形成一个人独有的风格，以至于我们往往能根据一些特点判断一个人的生长地。

当一个作家开始写东西的时候，他总是从自己印象最为深刻的家乡开始写，于是，家乡的人、事、风景……一点一滴都成为他写作的素材和创作来源。而当一个作家名气越来越大的时候，曾经被书写过的家乡就开始跟着有名了。古代有李白、杜甫、白居易、苏东坡等大诗人，他们的家乡迄今还因他们而受益；近现代有鲁迅和绍兴、沈从文和凤凰、萧红和呼兰河、莫言和高密……还有汪曾祺和高邮。所以，城市和作家之间总是互相作用的，一方水土养育了作家，而作家也以文学的形式来反哺水土。在汪曾祺的作品中，以故乡高邮为背景的小说占三分之一多，还不包括散文。在所有写家乡的作家里，汪曾祺不是最特别的一个；但是，关于家乡的吃食风物，汪曾祺可能是书写得最多的一个。所以，提及汪曾祺，必然要说一说高邮这座城。

# 高邮是一座水城

高邮是一座什么样的城呢？这是长江三角洲平原上的一处水乡，地处江淮平原南端。这座不大的城市，坐拥江苏第三大湖、中国第六大淡水湖高邮湖，又依傍着宽阔的京杭大运河，众多湖滩分布在城市的东西，数百条河流交错有致，是一座名副其实的水城。水至柔又至刚，汪曾祺就孕育自这样的一座水城里，水的秉性影响了他的性格。

【经典品读】

**汪曾祺《我的家乡》中**
**关于自己性格影响源的自述**

法国安妮·居里安女士听说我要到波士顿，特意把机票退了，推迟了行期，希望和我见一面。她翻译过我的几篇小说，我们谈了约一个小时，她问了我一些问题。其中一个是，为什么我的小说里总有水？即使没有写到水，也有水的感觉。这个问题我以前从未意识到。是这样。这是很自然的。我的家乡是一个水乡，我也是在水边长大的，耳目之所接，无非是水。水影响了我的性格，也影响了我作品的风格。

儿时的乐趣是单纯的，童年的汪曾祺最喜欢到京杭大运河的河堤上去玩。他和小伙伴们站在高高的河堤上俯瞰密密层层的房屋，指指这家是谁家、那家又是谁家。那时的运河是悬河，河堤是高于城市的。小小汪曾祺就站在宛若城墙一般的河堤上看着城市上空的风筝、鸽子飞来飞去，又望着河面的野鸭子游来游去，好不悠闲自在。

运河的乐趣还体现在河里的船和在河里打鱼的渔夫那里。大船都是撑篙的。汪曾祺细细观察船的样式：篙是极其长而如碗口粗的，使船篙的人要一步一步用篙撑出来。那些古铜色皮肤的男人们极其壮实，他们沉默地在大船上使着力气，目光却清明坚定。而船老板的年轻老婆们在船上一边掌舵，一边就态度悠然地敞开怀来奶孩子。打鱼的人家是很诗意的，他们不用钓竿而用鱼鹰：不动的鱼鹰排在船边，像一个个临战的战士；捕鱼的鱼鹰则显示出神勇的一面来了，一个猛子扎进去就叼上来一条鳜鱼。有时，两只鱼鹰合力抬上来一条大鱼，鱼在蹦跶，鱼鹰在飞腾；打鱼人眼疾手快，一手将鱼捞了上来。围观的人们和鱼鹰都嘎嘎作响，兴奋异常；打鱼人则悠悠然然，不动声色。于是，这条河的悠然和河上人家的悠然就这样如水一般浸润了幼年汪曾祺的心灵。

而离汪曾祺家不远的高邮湖亦是他常去的地方，这片湖面积广大，风景优美，一年四季甚至一天之中都变幻着不一样的美。和流动的运河水的悠然不一样，这片湖常常是平静的，没有一只船，湖面浩浩淼淼，给人的感觉是寂寞而荒凉的。坐在湖边的汪曾祺总是被这静美所触动。黄昏时分，蓝天变成橘黄、浅黄，又过渡为浓郁的紫色，这种大自然无声的美也浸染着幼年的汪曾祺的心灵，一种对自然美的欣赏和感悟力也许在那时候就开始萌芽了。“像我的老师沈从文常爱说的那样，这一切真是一个圣境。”①

【经典品读】

**汪曾祺《我的家乡》中关于家乡水的描述**

我小时候，从早到晚，一天没有看见河水的日子，几乎没有。我上小学，倘不走东大街而走后街，是沿河走

---

① 汪曾祺．我的家乡//汪曾祺自述．郑州：大象出版社，2002：15.

的。上初中，如果不从城里走，走东门外，则是沿着护城河。出我家所在的巷子南头，是越塘。出巷北，往东不远，就是大淖。

高邮因水而得滋养，高邮人也靠水吃水，但水亦是灾难之所在。县志记载，高邮历史上水灾不断。汪曾祺就亲历过民国二十年（1931年）的全国性的大水灾。7月份的时候，运河决堤了，高邮顷刻成为泽国，东大街成了一条河，街上行着船，流动着死猪、死牛。对于汪曾祺而言，水灾的灾难性不是那么明显，他印象最深的竟然是水灾后绝粮因而顿顿喝的慈菇汤！水淹后，万物不生，但这种当地随处可见的水中植物却异常丰收，还有那些硕大的、踩都踩不破的蚂蟥。

于是，水乡丰富的物产就这样早早被汪曾祺看在眼里、吃在嘴里了。水乡产鱼产虾，但汪曾祺所注意到的不是名贵鱼类，却是比青菜便宜的小鱼小虾，诸如“罗汉狗子”“猫杀子”，等等。其他还有高邮湖醉蟹；还有中秋节的麻鸭，这种麻鸭很能生蛋，腌制后就是著名的高邮咸鸭蛋。吃着这些水产风物长大的汪曾祺于是写成了名篇《端午的鸭蛋》。

在这座水城里长大的汪曾祺，一方面将和水有关的一切写进了他的作品中去，另一方面也正如他自己所说的那样：“水影响了我的性格，也影响了我的作品风格。”[①]他的作品即使没有写到水，也有如水一般的品格，悠游自得，平和冲淡。诸如他的成名作《受戒》，以及《大淖记事》《异秉》，等等，这些作品呈现出来的风貌即是语言平和自然、朴实无华；虽为小说，但并无跌宕起伏的情节，总是淡淡地讲述，在故事之余有大量的风景白描以及不动声色的抒情，像极了缓缓流动的运河水和平静的高邮湖水。我们习惯将汪曾祺的小说称为诗化小说，这种小说从沈从文、废名等人那里就有了。一方面，不能不承认汪曾祺受到了他的老师沈从文等人的影响；另一方面，更要看到，汪曾祺作品风格的形成归功于这座他从小耳濡目染的水城——高邮。

---

① 汪曾祺．我的家乡//汪曾祺自述．郑州：大象出版社，2002：16.

# 高邮是一座古城

高邮这座城不只是因为水和汪曾祺的鸭蛋而出名，事实上，从很久远的年代开始，这座城就已经存在了。7 000多年前，古老的先民就在这里刀耕火种、繁衍生息了。历史上称之为江左名区、广陵首邑。这里是帝尧故里，也是尧文化发祥地，还是江淮文明、邮文化的重要区域。公元前223年，秦王嬴政在此筑高台、置邮亭，高邮这个名字就此确定下来，距今已经有2 200多年的建城史了。因为是秦朝所建，历史上还称其为秦邮。华夏一邮邑，神州无同类，高邮是中国2 000多个县市中唯一以邮命名的城市。如今，高邮的盂城驿、龙虬庄遗址、高邮当铺、高邮明清运河故道、镇国寺塔、平津堰为全国重点文物保护单位，高邮民歌入选国家级非物质文化遗产名录，京杭大运河高邮段入选世界遗产名录。因此，高邮也确确实实称得上是一座古城。

汪曾祺自己也如是说："我的家乡不只出咸鸭蛋。我们还出过秦少游，出过散曲作家王磐，出过经学大师王念孙、王引之父子。”①

高邮一处有名的文化景点是文游台，始建于北宋太平兴国年间，原为东岳庙。千年前，秦少游、苏东坡、孙莘老、王定国等文人在此举酒会友，从此，这座本来依附东岳大帝神韵的庙台便独领风骚，历朝历代文人雅士纷纷登台，一瞻风采，并留下千古不朽的诗文。文游台的台基就在高邮东山上，台上视野辽阔，适合登高远眺。在这里可以望见西边的运河，幼年汪曾祺就多次登上这座古台遥望运河里的帆船来来往往。厚重的历史孩子未必能够体会，但透过树梢望见的船帆让汪曾祺觉得异常美好。

汪曾祺的笔下写过不少寺庙，比如《受戒》中的荸荠庵、善因寺，能看出他对寺庙相当熟悉。这都源于高邮大大小小的各种佛寺。佛教在高邮有一千多年的历史，高邮早在唐朝前就建有寺庙。唐代的镇国寺西塔、宋代的净土寺东塔、明代的魁星楼存留至今，如今依然显出千年前的风韵。明清之际，高邮城附近有天王寺、光孝寺、净土寺、悟空寺、九曜寺、光福寺、护国寺和华严寺等八大寺庙。高邮还有一座很独特的古塔，就是京杭大运河河心岛上的镇国寺塔，汪曾祺很小的时候去过，因为在西门，所以叫西门宝塔。镇国寺前有一堵向前倾

---

① 汪曾祺．我的家乡//汪曾祺自述．郑州：大象出版社，2002：17.

斜的照壁，紫色，上刻海水，所以有一个很美的名字——水照壁。穿梭在这些古老寺庙间，不能不令人感受到佛寺的禅意和空灵，以及从容淡定的佛家境界。

【经典品读】

**汪曾祺《自报家门》中关于佛寺的描述**

小学在一座佛寺的旁边，原来即是佛寺的一部分。我几乎每天放学都要到佛寺里逛一逛，看看哼哈二将、四大天王、释迦牟尼、迦叶阿难、十八罗汉、南海观音。这些佛像塑得生动。这是我的雕塑艺术馆。

除了寺庙，城隍庙也是汪曾祺常去的地方。高邮县城的城隍庙历史悠久，庙里有两棵巨大的银杏树，庙分前殿和后殿，前殿面南坐着城隍老爷，后殿还有一个叫“老戴”的神像。汪曾祺也不曾了解的这个老戴确乎是有一个传说：传说城隍老爷是赴京应试的江南才子，途中经过一条河，不幸落水，成为了水鬼。河边有一个叫老戴的渔夫，也是孤身一人，于是孤独的水鬼每晚来寻找渔夫喝酒畅谈，两人度过了三年。三年后，水鬼准备拉过路的人投生去，被有了恻隐之心的渔夫给破坏了。于是，两人来来去去过了九年，水鬼不再想做害人利己的事了，他的好生之德感动了阎王，于是阎王封他为文昌伯，授他城隍之职。后来，老戴阳寿尽了之后，城隍就叩请让老戴协助他处理事务，于是就有了老戴的神像。这个故事里的城隍平易近人而又善良好德，丝毫没有神的距离感。

汪曾祺从小就在城隍庙的砖地上看戏。城隍庙一般都演京剧，有时候也给城隍老爷演过梅花歌舞团那样的歌舞（在威严的神面前演出这种世俗的节目，难免有些喜剧意味）。每年七月半，乡亲们都用八抬大轿将城隍老爷抬出来，在城里的主要街道上游行，这就叫城隍出巡；出巡前一路演出节目，这就叫“迎会”。这些关于故乡的经历，后来都被汪曾祺写进了《故里三陈·陈四》中。汪曾祺小时候被过继给他的二伯母。二伯母有一天病重，二伯母的母亲就半夜把汪曾祺带到了城隍庙，去求城隍老爷把汪曾祺的寿借几年给他的二伯母。黑咕隆咚的半夜去城隍庙是吓人的，但是借寿对小孩子来讲却是无所谓的事情，而且是古已有之的习俗了。可惜的是，借寿失败了，汪曾祺的二伯母过了几天还是去世了。这样的经历似乎让汪曾祺过早地看破了神的奥秘，他曾见过郑板桥《城隍庙碑记》的拓本，并称这篇文章绝妙。

【经典品读】

## 汪曾祺《城隍·土地·灶王爷》中关于郑板桥思想的描述

这是一篇写得曲曲折折的无神论。城，城也；隍，河也，“又何必乌纱袍笏而人之乎？”这已经说得很清楚。然而大家都“以人祀之；而又予之以祸福之权，授之以死生之柄”，“与之”“授之”，很可玩味。神本无权，唯人授之，这种“神权人授”的思想很有进步意义。谁授予神这样的权柄呢？下文自明。不但授之以权，而且把城隍庙搞得那样恐怖，人亦亵亵然从而惧之。“非唯人惧之，吾亦惧之”，这句话说得很幽默。郑板桥是真的害怕了吗？城隍庙总是阴森森，“吾亦毛发竖栗，状如有鬼者”，郑板桥是真觉得有鬼么？答案在下面：“乃知古帝王神道设教不虚也”，郑板桥对古帝王的用心是一清二楚的。但是郑板桥并未正面揭穿（这怎么可能呢），而且潍县的城隍庙是在他的倡议下，谋于士绅而葺新的，这真是最大的幽默！我们对于明清之后的名士的思想和行事，总要于其曲曲折折处去寻绎。不这样，他们就无法生存。我一向觉得板桥的思想很通达，不图其通达有如此。

从这一段原文中，我们不难发现，汪曾祺之所以如此欣赏这篇文章，真正的原因在于郑板桥也看破了人造的神的奥秘。在这种看破的背后，汪曾祺更欣赏的是郑板桥的通达精神。

汪曾祺中青年辗转飘零，从高邮到云南再到张家口再到北京，在尘世中蹉跎了半生，这种幼年就从故土浸染的从容淡定似乎为他应付这种生活也起到了莫大的作用。

汪曾祺被誉为“中国最后一位士大夫”，这种古朴的风格是可以在高邮这座古城里寻觅到踪迹的。

# 高邮是一座自然之城

高邮是一座水城，也是一座古城。水是上天的恩赐，形成了这个地方独有的地域气质；而古是悠长的岁月赋予他们的文化积淀，这个地方既有文人墨客的文学脉搏又有儒释道的深厚文化积养。自然和人文的力量共同汇入了这座城中的人身体中，不仅融进了依水而居的人们的血肉里，铸就了他们刚柔并济的性格，也造就了一方人的思想气质。这种思想气质可以用一个词来形容：自然。什么是自然？是质朴无华、毫不造作、质性自然、率性而为。汪曾祺自己也在《自报家门》中谈到，曾皙所描绘的那种超功利的率性自然的思想是生活境界的美的极致。

而这种率性自然的生活，正是汪曾祺从小到大生活的高邮城的特点。运河边的人们生活平静安宁，他们并不十分富裕，富甲一方的富豪几乎没有，但也不贫穷。他们勤劳而坚韧，几千年来依水而居，像运河水一样简单朴实。在这个闭塞安宁的小城里，人们安居乐业，过着自己的生活；挑夫、工匠、店铺

高邮南门大街（供图 陈扬/视觉中国）

里的伙计、卖小物件的店家，专注在自己的工作生活里，自得其乐，淡然随意。

这些淡然随意的人都被汪曾祺一一写进了书里，他熟悉这些市民阶层的人，更熟悉他们身上美好的品德。

【经典品读】

**汪曾祺《自报家门》中关于小时候逛街感受的描述**

从我家到小学要经过一条大街，一条曲曲弯弯的巷子。我放学回家喜欢东看看，西看看，看看那些店铺、手工作坊、布店、酱园、杂货店、爆仗店、烧饼店、卖石灰麻刀的铺子、染坊……我到银匠店里去看银匠在一个模子上錾出一个小罗汉，到竹器厂看师傅怎样把一根竹竿做成筢草的筢子，到车匠店看车匠用硬木车旋出各种形状的器物，看灯笼铺糊灯笼……百看不厌。有人问我是怎样成为一个作家的，我说这跟我从小喜欢东看看西看看有关。这些店铺、这些手艺人使我深受感动，使我闻嗅到一种辛劳、笃实、轻甜、微苦的生活气息。这一路的印象深深注入我的记忆，我的小说有很多篇写的便是这座封闭的、褪色的小城的人事。

陈思和曾形容汪曾祺笔下的高邮：“是一个任何道德说教都无法规范，任何政治条律都无法约束，甚至连文明、进步这样一些抽象概念都无法涵盖的自由自在。”[①]与其说汪曾祺笔下描写了一个自然的高邮城，不如说是这个自然的高邮城被汪曾祺记录了下来。他笔下的人物朴实而奔放、顽强又刚毅，在这个世界里没有礼教道德伦理的束缚，也没有尔虞我诈的外界纷

---

① 陈思和．民间的浮沉：从抗战到文革文学史的一个解释．上海文学，1994（1）．

繁世界的打扰，有时候都令人称奇。《受戒》里的庵赵庄有个和尚庙，叫荸荠庵，庵里的和尚们既有媳妇也有情人，有时候还接上家眷来一起住一段时间。有时候，和尚们也一起打打牌消遣消遣，这副牌他们出去放焰口的时候也随身带着。逢年过节，庵里还杀猪吃肉喝酒。刚当上小沙弥的小和尚开始考虑成家的问题，和尚的清规戒律他们似乎从来不知道，就和天下所有人一样，自由自在，快快活活。跟和尚们常打牌的有一个是收鸭毛的，还有一个是打兔子兼偷鸡的，这个偷鸡的依然是正经人，没人觉得有什么不对。《薛大娘》里的薛大娘做的是拉皮条的活儿，有人议论她，她却认为：男女两个，一个有情、一个有愿，这是积德的事，有什么不对？后来，她和保全堂新来的管事吕先生好上了，别人议论她，她却理直气壮地说："我喜欢他。他一年打十一个月的光棍，我让他快活快活，——我也快活。这有什么不好？有什么不对？谁爱嚼舌头，让他们嚼去吧！"也许在世俗的眼光里，这种做法是伤风败俗的，但是在高邮这座城里，这却是健康美好的。

【经典品读】

**汪曾祺《薛大娘》中对薛大娘健康美好人性的赞扬**

薛大娘不爱穿鞋袜，除了下雪天，她都是赤脚穿草鞋，十个脚趾舒舒展展，无拘无束。她的脚总是洗得很干净。这是一双健康的，因而是很美的脚。

薛大娘身心都很健康。她的性格没有被扭曲、被压抑，舒舒展展，无拘无束。这是一个彻底解放的，自由的人。

《大淖记事》里的巧云，被号长玷污后，大胆地救了十一子，又干脆和十一子过起了虽艰辛却幸福简单的小日子。巧云并没有被人们嘲笑，大家反而赞颂他们，为十一子闹事，集体游行，帮助十一子和巧云安全地留了下来。不只是这些主人公们，可以说高邮城里的普通民众都是如此，朴实又热心。他们虽经历过苦难，拥有生活的无奈，但总能积极乐观地面对，并且执着地追求自由。汪曾祺笔下的这些人物，有如水一般的质朴纯净和简单随性，又如水一般自由地流淌着，散发着健康美好的气息。

除了不拘礼法，大胆追求自由这一特点外，汪曾祺小说还写进了许许多多平凡却善良淳朴的高邮人。《岁寒三友》中的王瘦吾、陶虎臣、靳彝甫从未做过伤天害理的事，对人从来不尖酸刻薄，对地方公益却从不袖手旁观。三个人的生活并不怎么宽裕，但当地方上要做公益，需要捐款，“首事者把捐簿伸到他们的面前时，他们都会提笔写下一个谁看了也会点头的数目”[①]。三个人的急公好义在地方上是出了名的。在朋友身处困境需要资助时，王瘦吾、陶虎臣为靳彝甫凑足路费，让这位有才华的穷画师外出谋生；王瘦吾、陶虎臣的生意破产，家里的生活跌入低谷时，靳彝甫变卖了他视若性命的三块祖传的田黄石章，脱朋友于困厄。《徙》中的高北溟为了恩师的遗稿得以刻印，节衣缩食周济恩师的儿子。《鉴赏家》中卖水果的小贩叶三与画家季匋民，一个乐意给对方送最好的果子，一个乐意让对方观其作画，俩人因果子和画结下了高山流水、生死不渝的友情。《钓鱼医生》中的王淡人免费治病救人。《金大力》中的金大力当上瓦匠头儿，不是因为德高望重，不是因为技高一筹，也不是因为能言善辩，而是因为勤恳、实在、对人诚心、体恤他人，这才赢得居民和瓦工的信赖。再如《岁寒三友》写农历八月十六阴城放焰火的风俗，作者极力叙述阴城的祥和喜庆，而把欢乐的制造者陶虎臣隐去，让他消融在欢乐的人群中。然而，读者看到了陶虎臣用劳动为他人提供欢乐的善良人品。这些生活于社会下层的普通人虽然社会地位不高，却多具仁人君子的热肠，有一颗博大的仁爱之心。他们热情诚恳，正直善良，多情重义，舍己助人，在平凡的命运与朴素的生活状态下，揭示了自然率真的人性、淳朴的人情、乐观健康

① 汪曾祺．岁寒三友//汪曾祺全集（一）：小说卷．北京：北京师范大学出版社，1998：344.

的生活情趣和勇敢执着的生活信念。这些善良的人处处彰显出美好的品质，这既是高邮人留给汪曾祺的印象，也寄托了作者自然美好的人性理想。

高邮人的这种既无拘无束又能迎风接浪的自然性情，在汪曾祺身上亦有显现。当年在西南联大的时候，对待学业，汪曾祺对自己喜欢的科目偏爱有加，对不喜欢的英文却极少下功夫，对不感兴趣的课程也是想听就听，不想听就溜，就这么如竹林七贤般随性而为，毕业之时拿不出成绩，自然只能是肄业了。当然，这也让他后来吃够了苦头，但他并未因此改变性情。后来，他好不容易到了天津、北京，有了相对安稳的生活，又经历了“反右运动”。1958年，他被补划为“右派”，仅仅是因为“右派”指标没达标。他经历了种种改造，曾被关进“牛棚”。但是，他在散文《随遇而安》中自述，这是一次“很好玩”的生活经历。他创作话剧，在张家口下放的时候竟然还有闲情逸致给马铃薯研究站画了一本《中国马铃薯图谱》。这种苦中仍旧坚韧的品格，正如高邮的水一般。“文革”中，他在江青的手下创作样板戏，《沙家浜》里的名段就出自他手，但他的政治生涯并未因此而飞黄腾达，而是不断地起起浮浮。等到这一切结束了，他却早忘记了，他的笔下尽是平和、尽是美好，因为他早已经选择了另一种超脱的方式，跳出苦难与争斗，追求内心的淡泊与平静。他品茶、饮酒、写字、画画，在纷繁变幻的时代坚守着内心的超然，品味着故土高邮带给他的文化与性情。他的这份淡泊与高邮水乡涓涓流淌的河水有关，与水土滋养下高邮人自然随性、宠辱不惊的水性有关。

一方水土养一方人，高邮这座城有水、有历史，更有一群淳朴、自然、善良的人，这些独一无二的气质渗透到了汪曾祺的血液里，塑造了他的精神追求和生活姿态。高邮既给了汪曾祺第一次生命，又给了他文学的生命；可以说，这座城是汪曾祺生命的源头，又是他人生的归宿。

【我来品说】

1. 高邮这座古老的城市对汪曾祺最大的影响是什么？
2. 一个作家与他的出生地有着必然的联系吗？

# 第二章

## 晚翠之树：八十年代的感情写四十年前的事

导读

汪曾祺这棵树一直默默无闻，在晚年突然染翠，看似惊人，实则是汲取了足够的养分，一直沉潜在地下，等待爆发的那一天。等到时间合适、空间足够的时候，大树就开始抽出枝条，长出了茂盛的树叶，甚至结出了丰硕的果实。

作家出名的方式有很多，譬如张爱玲的“出名要趁早”，很早就红遍上海；还有鲁迅，默默求索到三十多岁突然震惊文坛，从此登上文坛第一把交椅；也有一部书的作家，写完一部成名作惊动世人后就偃旗息鼓了。但像汪曾祺这样到六十岁才横空出世登上文坛并且成为大家的例子还真不多，像他这样的六十年人生经历的也不多。

# 学养深厚：饱读诗书的童年

汪曾祺的童年很幸福，这要从他的祖父祖母说起。

祖父叫汪嘉勋，是清朝末科的拔贡，有一身的才华。可惜的是，以后就改科举为学堂了，所以他没有依靠科举取得更大的功名。但他自己赤手空拳创业，手里有两千多亩地，还开了两爿药店：一家万全堂，一家保全堂。他分别给这两爿药店写了一副对联："万家仙掌露，全树上林春""保我黎民，全登寿域"，足见他是喜好舞文弄墨的。汪嘉勋还是有名的眼科医生，但他给人看眼病是不收钱也不收礼的。虽然家境颇丰，但是他极节俭，一颗咸鸭蛋一顿吃一半，另一半用鸭蛋壳盖上，下一顿再接着吃。祖父还是个浪漫的人，竟然曾在酩酊大醉后跟孙子讲起他年轻时候的"风流韵事"，且动情之处竟然老泪纵横，这让汪曾祺觉得很有意思，觉得他的祖父是个真正的"人"，有着人的真性情。像水浸润长大的普通高邮人一样，汪曾祺的祖父善良淳朴又随和自然，这都给了汪曾祺人性上的许多影响。

祖父也有着文人的特性，他喜欢收藏古董字画，家里有商代的彝鼎，还有明代御造的浑天仪，以及马远、吕纪、郑板桥、陈曼生、汪琬的字画等。祖父的这些学养和文人的爱好也悄悄地影响着汪曾祺的品位和素养，他小时候所练习的字帖都是祖父收藏的珍宝。

【经典品读】

**汪曾祺《我的祖父祖母》中关于祖父的描述**

他有很多字帖，是一次从夏家买下来的。夏家是百年以上的大家，号“十八鹤来堂夏家”（据说堂建成时有十八只仙鹤飞来）。夏家的房屋极多而大，花园里有合抱的大桂花，有曲沼流泉，人称“夏家花园”。后来败落了，就出卖藏书字画。祖父把几箱字帖都买了。我小时候写的《圭峰碑》《闲邪公家传》，以及后来奖励给我的虞世南的《夫子庙堂碑》、褚遂良的《圣教序》、小字《麻姑仙坛》，都是初拓本，原是夏家的东西。祖父有两件宝。一是一块蕉叶白大端砚。据我父亲说，颜色正如芭蕉叶的背面。是夏之蓉的旧物。一是《云麾将军碑》，据说是个很早的拓本，海内无二。这两样东西祖父视为性命，每遇“兵荒”，就叫我父亲首先用油布包了埋起来。

除此以外，祖父的思想亦浸染着小小的汪曾祺。

【经典品读】

**汪曾祺《我的祖父祖母》中关于祖父思想的描述**

我弄不清祖父的“思想”是怎么回事。他是幼读孔孟之书的，思想的基础当然是儒家。他是学佛的，在教我读《论语》的桌上有一函《南无妙法莲华经》。他是印光法师的弟子。他屋里的桌上放的两部书，一部是顾炎武的《日知录》，另一部是《红楼梦》！更不可理解的是，他订了一份杂志：邹韬奋编的《生活周刊》。

从这段描述中，不难发现汪曾祺祖父的思想间杂着儒释两家，虽是旧式文人出身，但又有着接纳新思想的眼光，令人称奇。或许正是祖父这样博杂的学养和开放包容的眼光，为汪曾祺在人生中的平和宽容、文学风格上的平和冲淡提供了一份借鉴。

汪曾祺的祖母是高邮县有名的诗人谈人格的女儿。谈人格的诗歌明白晓畅，他关心时务，写诗多与治水、修坝、筑堤等有关。这个继承了“元白诗人”精神的谈人格就是汪曾祺小说《徙》中谈甓渔的原型。祖母并没有成为诗人或者作家，但是在生活中祖母则像一位诗人一样，用勤劳的双手把食物做成了诗。

祖母亲自做酱油，做很嫩很嫩的鱼圆，包粽子，做糟鱼烧肉，腌“大咸菜”、辣菜、咸鸭蛋，还做一种不去毛、加粗盐风干的“风鸡”……除夕夜必定有一道鸭丁与山药丁、慈菇丁同煮的鸭羹汤。而大年初一的汤团里的馅儿是洗沙（豆沙）和猪油拌好，每天蒸一次，反正十来次，到初一才入嘴，咬开以后满嘴都是油。祖父老了以后，祖母每天晚上用很小的炉子慢火煨大枣给他吃；用饼槌碾细花生，加入绵白糖，再压成一个一个小圆糖饼，满足祖父想吃点甜食的愿望。在驾驭食物这方面，祖母展现出了非凡的天赋，这种天赋不仅仅让汪曾祺在童年时享受到了美味的食物，更让他过早地领略了烹制食物的奥秘；他能得到美食家的称号，其中定有祖母的功劳。

祖母的勤劳不光体现在食物上，在生活上亦是如此。她会剪花样，能给祖父做衣裳鞋袜，做一种戏台上“挖云子”的鞋——黑呢鞋面上挖出“云子”，内衬大红薄呢里子。祖母这种勤劳朴实的特点，被汪曾祺放到了《受戒》中小英子的妈赵大娘身上。

祖父祖母给了汪曾祺很多的爱和温暖，他的父亲亦是如此。父亲汪菊生多才多艺而又聪慧有加，他上的是南京旧制中学，学过数学、英文，年轻的时候是运动员，会踢球，会撑竿跳（还拿过江苏省运动会第一），还是单杠选手，会武术，还会骑马。他还喜欢尝试各种乐器，笙箫管笛、琵琶、月琴、拉秦腔的板胡、扬琴，甚至还有大小唢呐，都会鼓捣。除此以外，汪菊生大多数时间都在画画和刻章，他尤其爱工笔花鸟，还花了不少钱买名家的画。汪曾祺评价父亲的画是有功力，但见得太少了，在刻章上似乎比画画要更好一些：汪曾祺见过父亲有一方青田冻石小长方印，是准备送给朋友的，觉得很是好看。父亲的这些雅好潜移默化地影响着汪曾祺，使得他的爱好多样，早早地见识了各种各样的乐趣，使得他的一生无论在哪里都能让自己的生活过得有乐趣。这是一生无尽的财富。

但留给汪曾祺童年和少年印象最深的，是汪菊生作为一个父亲带给儿子的温暖记忆。一是父亲的巧手——

【经典品读】

**汪曾祺《我的父亲》中关于父亲和美好童年的描述**

我父亲手很巧，而且总是活得很有兴致。他会做各种玩意。元宵节，他用通草（我们家开药店，可以选出很大片的通草）为瓣，用画牡丹的西洋红（西洋红很贵，齐白石作画，有一个时期，如用西洋红，是要加价的）染出深浅，做成一盏荷花灯，点了蜡烛，比真花还美。他用蝉翼笺染成浅绿，以铁丝为骨，做了一盏纺织娘灯，下安细竹棍。我和姐姐提了，举着这两盏灯上街，到邻居家串门，好多人围着看。清明节前，他糊风筝。有一年糊了一只蜈蚣（我们那里叫“百脚”），是绢糊的，他用药店里称麝香用的小戥子约蜈蚣两边的鸡毛，——鸡毛必须一样重，否则上天就会打滚。他放这只蜈蚣不是用的一般线，是胡琴的老弦。我们那里用老弦放风筝的，家父实为第一人（用老弦放风筝，风筝可以笔直地飞上去，没有“肚子”）。他带了几个孩子在傅公桥麦田里放风筝。这时麦子尚未“起身”，是不怕踩的，越踩越旺。春服既成，惠风和畅，我父亲这个孩子头带着几个孩子，在碧绿的麦垅间奔跑呼叫，为乐如何？我想念我的父亲（我现在还常常梦见他），想念我的童年，虽然我现在是七十二岁，皤然一老了。夏天，他给我们糊养金铃子的盒子。他用钻石刀把玻璃裁成一小块一小块，再合拢，接缝处用皮纸浆糊固定，再加两道细蜡笺条，成了一只船、一座小亭子、一个八角玲珑玻璃球，里面养着金铃子。隔着玻璃，可以看到金铃子在里面爬，吃切成小块的梨，张开翅膀“叫”。秋天，买来拉秧的小西瓜，把瓜瓤掏空，在瓜皮上镂刻出很细致的图案，做成几盏西瓜灯，西瓜灯里点了蜡烛，撒下一片绿光，父亲鼓捣半天，就为让孩子高兴一晚上。我的童年是很美的。

这双巧手带给汪曾祺一个很美的童年，巧手的背后更美的是一个父亲对孩子耐心的陪伴，这种陪伴让孩子有一颗安全的心，足以去迎接人生的坎坷不平。

第二则是父亲平和宽厚的教子之道，他关心儿子的学业，但从不强求。学校开音乐会的时候，他去给孩子们当伴奏。汪曾祺十七岁的时候谈恋爱了，父亲帮着出主意，还和儿子一起喝酒抽烟，毫无架子。父亲还谐谑：父子俩是多年父子成兄弟。

在这样温暖的家庭中长大的汪曾祺，虽然年幼即失去了生母，但他过得很幸福。他周围的人都淳朴而平和，给予了他传统文化的熏染，使他形成了平易温和的性格和宽容豁达的人生态度，也使他早早地开启了在文学艺术上的尝试。他上学的时候国文最好，爱唱戏，也爱画画；在西南联大的时候最好的是国文，后来在张家口的时候画马铃薯图谱，“文革”时候创作戏剧，六十岁的时候开始写文章。这一路回望过去，童年的积累是他创作的起源。所以，正如汪曾祺自己所说：“一个人能不能成为一个作家，童年生活起决定作用”[①]。

---

① 汪曾祺．沈从文的寂寞//汪曾祺全集（三）：散文卷．北京：北京师范大学出版社，1998：254.

# 坎坷波澜：沉默的中青年

汪曾祺很幸运，有一个温暖的童年，但他的青年就没有这么幸运了。正值上高二的时候，“卢沟桥事变”爆发了，他所就读的江阴南菁中学停课了。为了完成学业，他辗转多地，又随家人在乡下的庵赵庄避难。这个时候，他从书里读到了沈从文。沈从文笔下那个优美恬静的湘西世界和淳朴善良的人们给汪曾祺留下了深刻的印象，也影响了他自此一生的道路。

高中毕业后，汪曾祺的同学约他一起去昆明报考西南联大，于是他在1939年离开高邮，前往昆明了。之所以报考西南联大，他自己曾说沈从文的吸引力是很大的。汪曾祺从高邮到上海，再到香港、越南，最后才辗转到了昆明。到了学校，他已是疟疾缠身，刚有点好转，他就参加了考试并顺利通过，就这样进入了西南联大中国文学系。

进入西南联大以后，汪曾祺并没有像一般的优等生一样奋发图强，门门功课拿第一。在自由开放的校园环境中，他放任自己的性情，成了一个潇洒不羁、自由散漫的人。在上课方面，他全凭自己的喜好上课。第一喜欢的自然是沈从文的课，必修、选修他都选了。闻一多的楚辞课，他也很喜欢，并说在闻一多的课上能感觉到思想的美、逻辑的美和才华的美，足见其对汪曾祺的打动。但其他的课，他就没这么上心了。吴宓的“中西诗之比较”课，他听了一节课就放弃了，因为讲的诗太浅。朱自清的宋诗课因为太严格，他也不喜欢。这也导致汪曾祺肄业于西南联大后，有人推荐汪曾祺给朱自清当助教，被朱自清断然拒绝，理由是汪曾祺不听课。

汪曾祺的随性自由还体现在看书上，他的祖父读书杂，他的父亲爱好杂，这点“杂”的特点又遗传给了他。在西南联大期间，他随心所欲地看自己想看的书，西方的纪德、阿索林、弗洛伊德、萨特、伍尔芙等等他都看过，中国的也随意瞎看；连菜谱也不放过，比如元代的《饮膳正要》。他最终成为作家，在写作上呈现出广阔的视野，还得感谢当年这些博杂的阅读经验。他读书，在茶馆、系图书馆、图书馆外都可以坐下就读书。他的作息也很随意，总在半夜看书，鸡叫了才回宿舍。西南联大给了学生相当自由的空气，也给了他们自主抉择的权利，这对于人才的发展可谓大有裨益。今天我们回头看看，在上个世纪中，各行各业的名家俊杰都从这所大学的校门走出，不能不归功于这份自由的空气。然而，西南联大校园的空气固然自由，但走出去的时候仍然是严格的。汪曾祺这么随性自

青年时期的汪曾祺（中）

由，到了毕业之时，英文未能合格。从1939年到1943年，汪曾祺在这里五年饱读诗书，吸收了一个文学家应有的养分，但他仍不是一名合格的毕业生。于是，他从西南联大肄业了。但他自己对这里自由宽松的氛围仍然感激不已：“我要不是读了西南联大，也许不会成为一个作家。至少不会成为一个像现在这样的作家。”①

因为没有毕业证，他找不到工作，于是辗转流离，在昆明郊区一个由联大同学办的中国建设中学教了两年书。后来，他又辗转来到上海，依旧是难以找到工作，甚至将手里的积蓄也折腾光了。他非常绝望，走投无路，甚至想要自杀了。他把自

① 汪曾祺．西南联大中文系//人间草木．杭州：浙江文艺出版社，2018：193.

己的想法写信告诉了自己最信任和崇敬的老师沈从文。沈从文接到信后，很快回信说了这样一番话："为了一时的困难，就这样哭哭啼啼的，甚至想到要自杀，真是没出息！你手中有一支笔，怕什么！"[①]汪曾祺听闻老师的话，既感动又惭愧，终于再次鼓起生活的勇气。

沈从文不但自己给汪曾祺写了信，还让夫人张兆和从苏州写了一封长信去安慰汪曾祺。沈从文还写信给上海的李健吾，请他对汪曾祺给予关照，因此，当汪曾祺登门拜见李健吾时，李便热情地给予鼓励，并举荐汪曾祺到一所私立中学任教，使汪曾祺有了一份能安身立命的工作。

后来，汪曾祺到了北京，依旧失业。1947年2月初，沈从文致函李霖灿、李晨岚等朋友，推介汪曾祺："我有个朋友汪曾祺，书读得很好，会画，能写好文章，在联大国文系读过四年书。现在上海教书不遂意。若你们能为他想法在博物馆找一工作极好。他能在这方面作整理工作，因对画有兴趣。如看看济之先生处可有想法，我再写个信给济之先生。"[②]在沈从文的帮助下，汪曾祺到了历史博物馆任职，终于将生活稳定了下来。

1949年，北平解放，汪曾祺报名参加"四野"南下工作

---

① 汪曾祺．星斗其文，赤子其人//人间草木．杭州：浙江文艺出版社，2018：222.

② 张新颖．沈从文谈汪曾祺．国学，2013（4）.

团，在武汉被留下来参与接管文教单位，后被派到第二女子中学当副教导主任，干了一年。之后，汪曾祺又回到北京，到北京市文联工作；1954年，他调到中国民间文艺研究会。1950年到1958年，汪曾祺默默做着文学的幕后工作——编辑。这一时期，他走进了民间，大量地接触民间文学，又积累了别样的人生经验。

这种平稳的生活并没有持续多久。1958年，他被补划为“右派”，下放到张家口农业科学研究所。他在那里远离了文学，终日劳动：起猪圈、刨冻粪、扛各种重物，等等，内心苦闷可想而知，于是再次向恩师倾诉他的痛苦。身患高血压的沈从文在病中给予了他很多安慰。沈从文在信中写道：“担背得起百多斤洋山芋，消息好得很……应当好好地活，适应习惯各种不同生活，才像是个现代人！一个人生命的成熟，是要靠不同风晴雨雪照顾的……热忱地、素朴地去生活中接受一切，会使生命真正充实坚强起来的。”[①]沈从文先生用自己的亲身经历鼓励汪曾祺：“我的生命就是在一种普通人不易设想的逆境中生长的……这生活教育，也就变成自己生命的营养一部分，而且，越来越丰富……你如能有机会到新的人群中去滚个几年……没有别的话好说，接受下来吧。高兴地接受吧。我赞

① 沈从文．沈从文全集：第21卷．太原：北岳文艺出版社，2002：18.

同你！”①

对于写作这件事，沈从文一如既往地鼓励着磨难中的汪曾祺，这些话可以说给了汪曾祺莫大的信心和鼓舞。如果没有老师在背后的支持，很难说汪曾祺是否还会拾起他的笔。

【经典品读】

**沈从文在艰难岁月写给学生汪曾祺的信**

“可是我却依旧还是想劝你在此后生活中，多留下些笔记本，随手记下些事事物物。我相信，到另外一时，还是十分有用。……你应当在任何情形下永远不失去工作信心。你懂得如何用笔写人写事。你不仅是有这种才能，而且有这种理解。……你应当始终保持用笔的愿望和信心！好好把有用生命，使用到能够延续生命扩大生命有效工作方面去。……完成这个愿心！”

“一句话，你能有机会写，就还是写下去吧，工作如作得扎实，后来人会感谢你的！”又说，你“至少还有两个读者”，就是他这个老师和三姐，“事实上还有永玉！三人为众，也应当算是有了群众！”

① 沈从文．沈从文全集：第21卷．太原：北岳文艺出版社，2002：18.

这些文字至今读来令人感动，老师的信的确是起到了很大的作用。在老师的鼓励下，汪曾祺有了生活的勇气，度过了艰难的岁月。1961年，他在下放中用毛笔写出了《羊舍一夕》。

1961年底，汪曾祺再次被调回北京，来到北京京剧团任编剧。1963年，他出版了作品集《羊舍的夜晚》，和1949年出版的第一个集子《邂逅集》一样，这部集子并没有引发很大的反响。1963年，汪曾祺开始参与改编沪剧《芦荡火种》。1964年，由他根据沪剧《芦荡火种》执笔改编的同名京剧，由北京京剧团演出。1966年“文革”开始后不久，汪曾祺因“右派”问题被关进“牛棚”，1968年被放出。1970年5月21日，汪曾祺因参与京剧《沙家浜》的修改加工，被邀请登上天安门城楼。

这一段时期，汪曾祺继续改编创作戏剧，既没有得到较大的重用，亦没有被再次打倒。但是，在那个年代，汪曾祺始终小心翼翼，自然是不可能有得心应手之作出现。到“文革”结束，汪曾祺以为自己可以轻松了，不料随即被命令做深刻检查，这让他痛苦万分。

后来，审查逐渐放松了，汪曾祺身边的朋友们劝他写写小说，他却以没有生活为由拒绝了。实际上，几十年的人间闯荡已经让他积累了足够多的生活，他积蓄多年的能量就要喷薄而出，《受戒》《大淖记事》等轰动文坛的佳作已经酝酿成形，就等一个恰当的日子与世人见面了。

# 虽晚仍翠：《受戒》的惊艳登场

终于到了1980年，这一年对许多人而言只是一个普通的年份，对汪曾祺而言则是命运转折的一年。此时，汪曾祺的心境好了很多，他其实已经动了写作的念头，加上身边的朋友们一而再地请他写点什么，他的这种写作的念头愈加强烈。而且在前一年，也就是1979年，思想解放潮流涌动，各种题材的作品不断出现。于是，汪曾祺终于出手了。

1979年第11期的《人民文学》刊登了汪曾祺的《骑兵列传》，这篇取材于内蒙的老干部经历的小说是汪曾祺所不熟悉的内容，发表之后依然是个哑炮，反响平平。于是，汪曾祺改变思路，写他自己熟悉的生活了。

### 《老头儿汪曾祺：我们眼中的父亲》中<br>汪朗对父亲汪曾祺创作思路的描述

也许，正是因为这次不成功的尝试，才让爸爸动起了另

起炉灶的念头。他决定写自己熟悉的生活，写他度过童年时光的家乡，写呆过八年的昆明，写劳动改造呆过的张家口，既有新社会的生活，也有旧社会的生活，用现代人的眼光重新审视过去的生活。爸爸能有这种念头，与大环境有着直接关系。当时，反映“反右”“文革”的作品相当热门，而且揭露得相当尖锐，历史题材的小说也有不少。既然这些内容都可以写，为什么写旧社会的生活不行？今天的人，对于今天生活所过来的那个旧的生活，就不需要再认识认识吗？旧社会的悲哀和苦趣，以及旧社会也不是没有的欢乐，不能给今天的人一点儿什么吗？这就是爸爸当时的想法。1980年，爸爸正好60岁。就是从这一年起，爸爸又进入了文学创作新的高峰期。

1980年1月，汪曾祺写出了《塞下人物记》，后发表在《北京文艺》（《北京文学》前身）1980年第9期。3月，他写了《黄油烙饼》；5月，重写小说《异秉》，文末写着“一九四八年旧稿，一九八〇年五月二十日重写”。除此之外，汪曾祺还写了《沈从文和他的〈边城〉》《与友人谈沈从文》《果园杂记》《裘盛戎二三事》等散文作品。一切都朝着好的方向发展，似乎都在为《受戒》的“横空出世”做着铺垫。

1980年8月12日，汪曾祺写完了《受戒》。这个故事来源于他30年代在乡下躲避战乱的经验。刚开始，这篇小说只在北京京剧团内部传阅。后来，汪曾祺的同事杨毓珉读了以后，在一次文艺界座谈会上谈起了这篇迷人的小说，被当时《北京文学》的负责人李清泉听到，于是李清泉委托杨毓珉请作者把稿子寄到《北京文学》编辑部。经过几番考虑，李清泉凭着“艺术的胆量”，在《北京文学》1980年第10期“小说专号”中刊出了《受戒》。

《受戒》发表之后，在文坛产生了巨大的轰动效应。正如汪曾祺所言：“《受戒》的产生，是我这样一个上世纪八十年代的中国人的各种感情的一个总和。”①这样一部独特的作品，在当时的历史语境中绝对让人眼前一亮。最终，《受戒》荣获《北京文学》当年的优秀短篇小说奖，汪曾祺也开始被广大读者所熟知。汪曾祺自己曾表示，如果放在十年“文革”或者十七年文学时期，这是不可能的。正因为时代发生了变化，他才可能在80年代写出这样的作品；时代审美发生了变化，读者也才有欣赏这种作品的可能。但更值得一说的是，如果没有童年的经历、青年的波折、中年的坎坷，就不可能有这样一篇作品。

---

① 汪曾祺．关于《受戒》//汪曾祺全集（六）：散文卷．北京：北京师范大学出版社，1998：338.

《受戒》发表以后，反响不小，当时有赞扬的，也有批判的。一些年轻作家看过以后，恍然大悟，似乎汪曾祺的小说给了他们一些新的方向——原来小说可以这样写。在那个年代成长起来的作家们还不知道几十年前的故事。实际上，像这种描写凡人小事，虽故事平淡无奇，但包含健康的人性和美好情感的小说很早就有了。像汪曾祺儿子所说的那样："其实小说本来就可以这样写，爸爸的老师沈从文就写过不少。只是解放之后，这类作品绝迹多年，许多人已然不知中国文学还曾有这样的作品存在。爸爸其实并没有开发出文学创作的新疆界，只不过把中断的文脉接续起来，同时注入了自己的特色。但在当时的环境中，这种'复出'也是出新。"①

这样的一番话也说明了，文学是需要在承前继后的关系中不断发展的，如果关系断裂，可能就会造成文学世界的死气沉沉。而汪曾祺之所以能如此成功地使这种题材散发出光彩，源自汪家自然平和家风的熏染，源自其六十年人生的积淀，亦是对一个时代的文学精神的重新接续。

① 汪朗．写了个小和尚的恋爱故事//汪朗，汪明，汪朝．老头儿汪曾祺：我们眼中的父亲．北京：中国人民大学出版社，2000：165.

【我来品说】

1. 汪曾祺之所以能够在六十岁突然震惊文坛，是偶然吗?

2. 你觉得一个人从多少岁开始写作是合适的?

# 第三章

## 《受戒》：四十三年前的一个梦

导读

*1980年，对于已是60岁的汪曾祺来讲意义非凡，因为这一年，他酝酿已久的《受戒》发表，在文坛引起了巨大的震动。许多人都在问：谁是汪曾祺？几十年过去了，《受戒》早已成为文坛经典，但很多人还在为他文末那句“写四十三年前的一个梦”而好奇不已。寥寥几字，短短一句，给读者留下了一个不解之谜。这究竟是怎样的一个梦？走进本章，一起来揭秘吧。*

《受戒》以水乡高邮为背景，为人们构筑了一个美好的世外桃源。在这里，和尚庙可以叫荸荠庵，和尚可以娶妻、喝酒、吃肉，庙里殿堂上可以杀猪。偷鸡的也是正经人，农村人憨厚而能干……一切都井然有序。在清新的水乡里，明海面若朗月，小英子俊俏活泼。小小的英子趴在烫了戒疤的明海耳边说：我给你当老婆，你要不要？可以说，这是汪曾祺做过的最美的一个梦了，但是这个梦又自然天成，朴实无华，毫无做作之感。

# 这到底是一个什么梦

《受戒》发表的时间是1980年，文章的末尾写着“一九八〇年八月十二日，写四十三年前的一个梦”。四十三年前，汪曾祺刚好十七岁，如果说四十三年前的他做过什么梦，那一定是一个青春少年的美梦。而《受戒》讲的是明海小和尚的故事，开头两句话是“明海出家已经四年了”“他是十三岁来的”。两句话加在一起，就是四十三年前汪曾祺的年纪——十七岁。《受戒》这篇故事的主体就是十七岁的明海和一个跟他“差不多大”的小英子产生的朦胧美好的感情。所以，不得不让人猜测，这个梦是不是与汪曾祺的初恋有关系呢?

这不是没有根据的，因为汪曾祺说过，自己小说的背景多取材于家乡高邮，“我的小说有很多篇写的便是这座封闭的、褪色的小城的人事”①。而且，他还多次表示，“我写的人物大都有原型”。这样看来，《受戒》是与汪曾祺的生活经历息息相

---

① 汪曾祺．自报家门//汪曾祺全集（四）：散文卷．北京：北京师范大学出版社，1998：285.

关的。比如，汪曾祺自己说：“我写的那个善因寺是有的。我读初中时，天天从寺边经过。寺里放戒，一天去看几回。”[①]“我写的那个石桥是有那么一个人的（名字我给他改了）。他能写能画，画法任伯年，书学吴昌硕，都很有可观。我们还常常走过门外，去看他那个小老婆——长得像一穗兰花。”[②]这个“石桥”在现实生活中是善因寺的方丈铁桥，是汪曾祺父亲汪菊生的画友。“荸荠庵”也真实存在，“一个偶然的机会，我在一个乡下的小庵里住了几个月，就住在小说里所写的‘一花一世界’那几间小屋里。庵名我已经忘记了，反正不叫菩提庵”。庵里所供的弥勒佛两旁的对联“大肚能容容天下难容之事，开颜一笑笑世间可笑之人”，也被直录进小说。

庵里的“仁山、仁海、仁渡是有的（他们的法名是我给他们另起的），他们打牌、杀猪，都是有的”，“这个庄叫庵赵庄。小英子的一家，如我所写的那样。这一家，人特别的勤劳，房屋、用具特别的整齐干净，小英子眉眼的明秀，性格的开放爽朗，身体姿态的优美和健康，都使我留下难忘的印象，和我在城里所见的女孩子不一样。她的全身，都散发着一种青春的气息”。这篇小说中，不仅故事情节、人物形象在现实中

---

① 汪曾祺．关于《受戒》//汪曾祺全集（六）：散文卷．北京：北京师范大学出版社，1998：336.

② 同① 337.

能找到对应关系，就连一些细节，也确有其事。《受戒》中说，“民国二十年闹大水，运河倒了堤”，淹死好多人。民国二十年，即1931年，通过相关考证可知，这年高邮确实遭遇了一次大洪水，死了很多人。对照汪曾祺的表述，我们越来越会觉得《受戒》这个诗情画意的梦似乎并不是理想中的虚构，而是现实中的实存。

于是，大家纷纷纠结于这个问题。《受戒》刚问世不久，《汪曾祺传》的作者陆建华就写了一封信专门问汪曾祺：文末“写四十三年前的一个梦”这句话的真正含义是什么？大出意料的是，汪曾祺在回信中的回答只有十几个字，他说“‘四十三年前的一个梦’，无甚深意，不必索解”。1988年上半年，香港的女作家施叔青和舒非先后采访了汪曾祺，她俩也不约而同地问到了汪曾祺这个问题。这次，汪曾祺只承认：“是我初恋的一种朦胧的对爱的感觉”。很多评论家就误以为小英子是作者的初恋对象，继而很多研究者又用实证法最终证明并无其事。事实上，这句话已经道出了这篇小说的一些核心意思，所以是与否并不重要，重要的是这种淳朴天然的爱恋观何以产生。

《受戒》写的是明海受戒，实际上写了明海的破戒。在这个故事中，明海所在的荸荠庵三面环绕高大的柳树，雪白的芦花、独翔的野鹤、七色的云彩和古朴的寺庙乡镇、宽敞的农舍田园构成了一幅清新明丽的水乡风情画。小英子住在庵赵庄，这里有姹紫嫣红、花香四溢的庄院，有清澈透明、恬静和缓的河水，有明丽清新、意趣盎然的芦苇荡……还有紫灰色的芦穗、通红的蒲棒，以及长脚蚊子、飞翔的水鸟。汪曾祺有意识地给这个爱情故事营造了这样一个恬静和谐的环境。小明海面若朗月，小英子“比她娘还会说，一天咭咭呱呱地不停”，两人朦胧的情愫就这样自然而然地生发开来。

【经典品读】

**汪曾祺《受戒》中对小英子脚印的描写**

她挎着一篮子荸荠回去了，在柔软的田埂上留了一串脚印。明海看着她的脚印，傻了。五个小小的趾头，脚掌平平的，脚跟细细的，脚弓部分缺了一块。明海身上有一种从来没有过的感觉，他觉得心里痒痒的。这一串美丽的脚印把小和尚的心搞乱了。

明海的感觉来得没有任何预兆，也没有任何的束缚，纯然是一种生命活力的自然伸展。十七岁的男孩子内心深处的生命活力得到完全的释放，生命处于一种自由自在之中。

明海受戒后，小英子划船接明海回来的路上，路过一片芦花荡子，有这样一段对话描写，我们一起来读一读。

【经典品读】

**汪曾祺《受戒》中**
**小英子和小明子的对话描写**

明子告诉她，善因寺一个老和尚告诉他，寺里有意选他当沙弥尾，不过还没有定，要等主事的和尚商议。

“什么叫‘沙弥尾’？”

“放一堂戒，要选出一个沙弥头，一个沙弥尾。沙弥头要老成，要会念很多经。沙弥尾要年轻，聪明，相貌好。”

“当了沙弥尾跟别的和尚有什么不同？”

“沙弥头，沙弥尾，将来都能当方丈。现在的方丈退居了，就当。石桥原来就是沙弥尾。”

“你当沙弥尾吗？”

“还不一定哪。”

“你当方丈，管善因寺？管这么大一个庙？！”

“还早呐！”

划了一气，小英子说：“你不要当方丈！”

“好，不当。”

“你也不要当沙弥尾！”

“好，不当。”

又划了一气，看见那一片芦花荡子了。

小英子忽然把桨放下，走到船尾，趴在明子的耳朵旁边，小声地说：

“我给你当老婆，你要不要？”

明子眼睛鼓得大大的。

“你说话呀！”

明子说：“嗯。”

“什么叫‘嗯’呀？要不要，要不要？”

明子大声地说：“要！”

“你喊什么！”

明子小小声说：“要——！”

“快点划！”

英子跳到中舱，两只桨飞快地划起来，划进了芦花荡。

芦花才吐新穗。紫灰色的芦穗，发着银光，软软的，滑溜溜的，像一串丝线。有的地方结了蒲棒，通红的，像一枝一枝小蜡烛。青浮萍，紫浮萍。长脚蚊子，水蜘蛛。野菱角开着四瓣的小白花。惊起一只青桩（一种水鸟），擦着芦穗，扑鲁鲁鲁飞远了。

受戒后的第一件事就是破戒，小小的孩子完全没有考虑到任何世俗束缚，他们所处的环境也没有什么要束缚他们，所以自由自在的人性就这样以一种健康、优美、自然的姿态展现在我们面前了，不但没有背离世俗之感，反而满溢出一种和谐宁静的美。

整个小说都散发着这种和谐的气息。明海、小英子的爱恋，庄里和庵里的人们，一切都是美好而和谐的。这种美好与和谐的背后没有丝毫的做作和不适的成分。作者既没有渲染铺排，也没有刻意突出人物的清纯或羞涩等，一切都是自然而然的。这种“初恋的一种朦胧的对爱的感觉”之所以如此自然而纯美，还要回到作者17岁前的人生去看。汪曾祺母亲早逝，父亲陪他长大。在文章中，汪曾祺说过：“父亲是个很随和的人，我很少见他发过脾气，对待子女，从无疾言厉色。”“我初中时爱唱戏，唱青衣，我的嗓子很好，高亮甜润。在家里，他拉胡琴，我唱。”“我们的这种关系，他人或以为怪，父亲说：‘我们是多年父子成兄弟。’”[①]汪曾祺和父亲的关系正如明海和英子之间的关系一样，自然而和谐，毫无世俗之束缚。汪曾祺反复突出《受戒》诸多实存的用意，可能并不仅仅是强调文本的真实性，而是凸显一种实存的感觉，即这篇小说和他的情

① 汪曾祺．多年父子成兄弟//汪曾祺自述．郑州：大象出版社，2002：39.

感、记忆、梦想是水乳交融在一起的。汪曾祺的艺术追求、憧憬中的生活状态、向往的人与人之间的关系，以及对此岸、彼岸的看法，都在《受戒》那和谐、诗化、自然圆融的状态下得以呈现。

基于此点，才有汪曾祺的表白——《受戒》“不是写我的初恋，是我初恋的一种朦胧的对爱的感觉”。这种感觉自然而然地伴随着汪曾祺从 30 年代走到了 80 年代，早已与他的生活和谐地交融为一体。由此，“四十三年前的一个梦”应该说勾连起了汪曾祺少年时的记忆，经过多年的沉淀，终于在一个饱经风霜的老人手里散发出了原本的幽香之气。也许，让二十多岁的他自己来写，可能完全不能有这种感觉，那时的他只能感觉还很难笔传。经过岁月的打磨以后，汪曾祺以一支被岁月淘洗走俗世气息的笔，还原了这样一种“爱的感觉”。

# 人性的探索：从翠翠到英子

**《写了个小和尚的恋爱故事》中**
**汪朗对父亲创作《受戒》的说明**

爸爸之所以在43年后把自己17岁时的一段经历和感受写成了《受戒》，他自己说有三个原因。一是他当时心血来潮，把久已遗失的《异秉》重新写了一篇，并从中感悟解放前的事情也应该可以写，只不过要用一个80年代的人的眼光重新审视过去的生活。二是当时他在为老师沈从文小说集的出版做一些事，为此又一次集中、比较系统地读了沈先生的小说，其中的人物特别是三三、夭夭、翠翠这些农村少女，成为推动他产生小英子这样一个形象的一种很潜在的因素……

实际上，即使没有读过这段话，熟知沈从文和汪曾祺的读者也不难发现，在翠翠和小英子之间似乎有一条看不见的神秘纽带，虽然两个小姑娘生活在不一样的年代，却在某些地方惊人地相似。加之有这段话的存在，更加确凿地证明了作为沈从文一生关注的弟子，汪曾祺确乎是深受老师影响，并且继承了沈从文在文学和人性上的某些探索。

在《边城》里，沈从文筑起一座人性的希腊小庙，小庙里坐着那个在风月里长大的小鹿一样的翠翠。在与世隔绝的湘西，静静的沅水河边，有青山绿水、黄狗白塔，没爹没娘的翠翠和渡船人爷爷相依为命，纯净的大自然养育了这个少女，她明净得和沅水一样，天真又善良，纯洁又乖巧，世上的一切纷扰都与她无关；她的皮肤黑黑的，身体健康又活泼，可以说是一个从心灵到身体都淳朴优美的形象。爷爷在河边撑船，他不收取费用，他不贪财、不羡贵、不嫌贫，又乐于助人，爷孙俩身上体现了中国劳动人民勤劳善良而又毫无功利之心的淳朴人性。这个少女一天天长大，有了更复杂的情感，开始产生了懵懂的情愫，有了对爱情的朦胧的憧憬。船总的两个儿子天保和傩送都爱上了她，俩人选择在半夜来到山上为她唱歌。爷爷选中了老大天保，翠翠却喜欢老二傩送，但少女的羞涩和爷爷的矜持最终使得这场爱情无疾而终——老大天保为了成全弟弟的爱情，出走做生意却坐船失事被淹死，船总顺顺怪罪老船夫，老船夫怀着愧疚和无奈在雷雨夜离世，留下了那个对爱情怀着朦胧幻想又对世俗一无所知的少女，她在沅水边等着那个不知道还会不会回来的老二傩送。这个故事带着淡淡的愁，又有深深的美，让人深受感动。

汪曾祺《受戒》中的小英子则不然。在宁静和谐的庵赵庄，小英子像一条活蹦乱跳的鱼儿一样长大了，小明子来到荸荠庵做和尚，二人第一次相识在船上。小英子展现出了开朗活泼、直率坦诚的一面，她既不羞涩也不胆怯，自然又大方地问东问西，既有可爱的童真，又有着天然的自信和勇敢。和小明子熟悉以后，小英子总是那个主动积极的，木讷的小明子几乎是被小英子推着往前走的，反而是小英子把小明子敢想不敢说的都替他说了、敢想不敢做的都替他做了。在小明子受戒的第一天，小英子就大胆地表露了要做他老婆的愿望。在温柔宁静的水乡，这份纯洁而毫无束缚的爱情完全舒展开来。这个故事，似乎是那个在白塔下望着远方的翠翠实现了的梦想。

两个少女的爱情故事，结局一悲一喜，人物性格一内敛一活泼，格调似乎迥然不同，但淳朴的人性美却是共通的。

翠翠生活在封闭又淳朴的湘西，群山环绕，只有细细窄窄的沅水流过，即使是流动的水，也是蜿蜒曲折地从山谷流出去的。相对于小英子那个湖面宽阔的开放世界，湘西是原始而神秘的，这里的人们内敛而又含蓄，人与人之间的不贪利、不说破是常态，无论是情感的表达还是人际间的普通交往，都像沅水一样，蜿蜒又曲折，而在这曲折间，人性的美就显现了出来。

《边城》主要围绕翠翠爱情的萌芽和发展而展开。翠翠产生的爱情是朦胧的，她有着山中少女独有的害羞和矜持，像森林中的小鹿一样，怯怯地难以表达这种情感。

【经典品读】

**沈从文《边城》中的翠翠形象**

翠翠一天比一天大了，无意中提到什么时会红脸了。时间在成长她，似乎正催促她，使她在另外一件事情上负点儿责。她欢喜看扑粉满脸的新嫁娘，欢喜说到关于新嫁娘的故事，欢喜把野花戴到头上去，还欢喜听人唱歌。茶峒人的歌声，缠绵处她已领略得出。她有时仿佛孤独了一点，爱坐在岩石上去，向天空一片云一颗星凝眸。祖父若问："翠翠，想什么？"她便带着点儿害羞情绪，轻轻的说："在看水鸭子打架！"照当地习惯意思就是"翠翠不想什么"。但在心里却同时又自问："翠翠，你真在想什么？"同是自己也在心里答着："我想的很远，很多。可是我不知想些什么。"她的确在想，又的确连自己也不知在想些什么。

在小说中，沈从文细腻地描写了翠翠情窦初开的感觉——像一团云烟一样朦胧而美好。善良的爷爷却误解了翠翠的心思，以为天保是她想嫁的那个人。翠翠不满意爷爷的安排，但是腼腆的性格、少女的羞涩又让她难以直白说出对傩送的衷情。她骨子里有着母亲那份为爱情坚贞不屈的执着精神，幻想着自己能像母亲一样出走争取自己的幸福，但善良的心地又使她难以付诸行动。傩送和天保都爱着翠翠，却没有你死我活的争斗，只用了古老而浪漫的唱山歌的形式。听了弟弟的歌声，哥哥默默地将这份爱情成全了弟弟。而尽管翠翠和傩送相互深爱着对方，但哥哥的死去让弟弟无法面对这一切。翠翠在既没有山盟海誓亦没有明媒正娶的情况下，痴痴地在沅水边等着傩送回来，虽然没有母亲那样惊世骇俗的举动，但这颗执着而坚定的心却充满了朴素纯真的力量，饱含着东方式的传统美德。小说通过翠翠在爱情生活中的态度，描绘出人世间一种纯洁美好的感情，讴歌了象征着爱与美的人性与人生。

而小英子在高邮这片广袤的水乡里长大，她的家在岛上，四面是湖，广阔而无边际。与这无拘无束的水一样，这里的人也性情爽朗、旷达、无拘无束。小英子的妈妈勤劳能干，爸爸朴实善良，姐姐温柔可爱。在一个温暖而充满爱的家庭长大，使得小英子也自信而开朗，对这个世界充满了好奇，从不遮掩自己的情感。在这个岛上的荸荠庵本是佛门之地，但这里没有了神秘、禁忌、阴冷的气息。庵里住着和尚，和尚吃肉喝酒、娶妻生子、打牌娱乐，毫无拘束；没有严肃的板着脸孔的住持，有的却是像小明子这样和小英子一样天真烂漫的小和尚。于是，荸荠庵成了和气、温馨甚至热闹的所在。在这个地理环境开阔，人文环境又自由的地方，小英子长成了自由不受羁绊的性格。

小英子的世界是翠翠所不曾看到过的世界，自然翠翠也无法形成小英子这样的性格。孕育她们的是两种不同的水。她们一为害羞腼腆的，一为开朗大方的；一个惹人怜爱，一个惹人喜爱。

和曲折婉转的《边城》故事不一样，小英子和明海的爱情是明朗的。第一次在船上相遇时，小英子就对明海充满了好奇，大方开朗地问东问西。

【经典品读】

**汪曾祺《受戒》中对小英子和小明子初次见面的描写**

到了一个河边，有一只船在等着他们。船上有一个五十来岁的瘦长瘦长的大伯，船头蹲着一个跟明子差不多大的女孩子，在剥一个莲蓬吃。明子和舅舅坐到舱里，船就开了。明子听见有人跟他说话，是那个女孩子。

“是你要到荸荠庵当和尚吗？”

明子点点头。

“当和尚要烧戒疤呕！你不怕？”

明子不知道怎么回答，就含含糊糊地摇了摇头。

“你叫什么？”

“明海。”

“在家的时候？”

“叫明子。”

“明子！我叫小英子！我们是邻居。我家挨着荸荠庵。——给你！”

小英子把吃剩的半个莲蓬扔给明海，小明子就剥开莲蓬壳，一颗一颗吃起来。

大伯一桨一桨地划着，只听见船桨拨水的声音：“哗——许！哗——许！”

随着相处的时间越来越长，小英子和小明子也慢慢长大了，俩人之间朦胧的爱情也慢慢地长大了。与翠翠痴痴地幻想和被动等待不一样，小英子想见小明子了就去叫他，想跟他一起玩儿就一起玩儿，无拘无束的，周遭的大人们谁也没有半句阻拦的话。木讷的小明子在爱情上似乎明白得更晚一些，他往往像个木头，呆头呆脑的。但这并没有使这段爱情受到任何阻碍，因为小英子热情又坦率，敢爱敢恨地把小明子推到了爱情的面前，他羞涩但又开心地接受了。于是，在善因寺受戒回来的船上，在小英子大胆地表白下，他终于喊出了“要”这个字。

这段美好而单纯的爱情既没有门当户对的困扰，也没有人情风俗的阻挠，更没有佛门清规的约束。就这样，一个小和尚和一个俗家少女开始了浪漫而美好的爱情故事。小明子与小英子的爱情无疑是让人羡慕的；翠翠与傩送的爱情却是羞涩、含蓄、令人伤感的，笼罩着一层哀婉忧郁的气氛。

但无论是《受戒》里的小英子，还是《边城》中的翠翠，她们都是美的化身、淳朴人性的展现。从两个故事的创作渊源亦可以寻到这一点。

《边城》成书于1931年。从乡村走出来的沈从文生活在了大城市，他在思考人性的问题，他希望根据自己对湘西的印象，描写一个近似于桃花源的湘西小城，给都市文明中迷茫的人们指一条明路：人间尚有纯洁自然的爱，人生需要皈依自然的本性。翠翠就来自沈从文的亲身经历：他在行军的途中，有一个叫赵开明的好友，在泸溪县城一家绒线铺遇到了一个叫翠翠的少女，她长得俊秀，赵开明发誓要娶她为妻。十七年后，沈从文乘坐的小船又停靠在泸溪。他站在船头上，回忆起翠翠的美丽形象，便朝绒线铺走去，在门前意外地看到了一个和翠翠长得十分相似的少女——熟悉的眼睛、鼻子、薄薄的小嘴。沈从文惊讶得说不出话来。原来，这是翠翠的女儿小翠。当年的翠翠嫁给了追求她的赵开明。这时，翠翠已死去，留下父女两个。为了不打扰赵开明，沈从文没有跟他打招呼，但感情上的震撼却久久不能平复。这个美丽、朴实的少女让他始终无法忘怀。后来，他坐在院子里，在阳光下的枣树和槐树枝叶阴影间写《边城》时，翠翠的形象便跃然纸上。沈从文在《湘行散记·老伴》中提到："我写《边城》故事时，弄渡船的外孙女，明慧温柔的品性，就从那绒线铺子小女孩脱胎而来。"①

而《受戒》亦有着相仿的创作灵感，小英子的故事来源于汪曾祺小时候在乡下躲避战乱的经历。汪曾祺曾经在乡间小庙住过半年多，当时有一户赵姓人家住在庙的附近。经过四十多年的人生积累，汪曾祺再回忆起当时的那段生活经历，感到像小英子那样的农村女孩的感情是健康、美好、富有诗意的，于是产生了创作冲动，决定要把那种美好的情感和生活样态写出来。而《受戒》中小英子的娘则来源于他勤劳而又贤惠的祖母。汪曾祺把他记忆中那些美好的人性都杂糅在这篇小说里，于是成就了名篇。

可以说，翠翠纯朴、与世无争、不通世故、天真未凿，她是沈从文心中人性美的化身，与现实社会的污秽、不堪形成鲜明的对比；而小英子健康、开朗、活泼、大胆又热情，亦是汪

---

① 沈从文．老伴//沈从文全集．第11卷．太原：北岳文艺出版社，2002：293.

曾祺的理想人性化身。二者都为我们展示了一个至纯至性的真善美的诗意世界。

汪曾祺最初写下《受戒》的时候，仍有许多不安，但他大胆地写了出来，这其中或许亦有老师冥冥中的鼓励；《受戒》发表之初，评论界小心翼翼，但最后该小说终于红遍了文坛。后来，汪曾祺在给北京门头沟的文学爱好者讲课的时候，公社书记告诉他，公社干部开会的时候竟然在胶台布上留下了好多字，全是《受戒》里的对话，村干部竟然将小说都背下来了！汪曾祺回家以后很得意，也很惶然，因为他一直觉得《受戒》当然有存在的必要，但绝不是主旋律，也不应该成为主旋律，这样的小说可以让一些读者喜欢，但是最好别有大响动。但几十年过去了，这非主流的小说终于成为了经典之作。

【我来品说】

1. 阅读上文后，你知道《受戒》是怎样写出来的了吗？
2. 翠翠和小英子之间有什么相似之处，又有什么不同？

# 第四章

# 《人间草木》：绘一幅世俗风情画

导读

《论语·阳货》中，孔子云："小子，何莫学夫诗？诗，可以兴，可以观，可以群，可以怨；迩之事父，远之事君；多识于鸟兽草木之名。"你知道孔子所说的认识鸟兽草木的意义吗？

孔子在这段话里认为读诗可以熟识天地间的鸟兽草木，看起来似乎只是一种知识性的获得。钱穆的解读颇为贴切，他在《论语新解》中说："诗尚比兴，多就眼前事物，比类而相通，感发而兴起。故举于诗，对天地间鸟兽草木之名能多熟识，此小言之。若大言之，则俯仰之间，万物一体，鸢飞鱼跃，道无不在，可以渐跻于化境，岂止多识其名而已。孔子教人多识于鸟兽草木之名者，乃所以广大其心，导达其仁，诗教本于性情，不徒务于多识。"在这段话中，他认为孔子所说的认识草木鸟兽不仅仅是认识它们，纵情于鸟兽虫鱼是能够颐养性情的，更能让人心性豁达，以仁心对待万物。

孔子所说的这份识于草木鸟兽虫鱼之情与汪曾祺那份"抒情的人道主义"似乎不谋而合。读汪曾祺的书，不难发现他笔下的人物没有英雄名人，都是市井里最平凡的小人物；写物都是写世间最常见之物。他的着眼点在小，在平凡，在尘土里。他热衷于写泥土上的小欢喜。譬如花鸟草木虫鱼，在他眼里，个中亦有一个自洽的大天地，物虽小，亦有自己的精彩；物虽平凡，但物物关情。譬如俗世里的风俗人情，细微寻常，但颇有一番别致的味道。王国维曾说："以我观物，物皆着我之色彩"。汪曾祺之所以能在小物里写出独一份的精彩，是因为他对于天地万物都有一份好奇之心，愿意去细细察看；对于无论什么人、无论什么物，他又都愿意俯下身子来平等地看待，自然能看出他物之情来；再加之他亦总是将自己看作世间最平凡的小事物，因此对万物都有一份仁心，对万物有一份情，因此才能写出草木之灵魂、风俗之精彩。

# 草木亦有情怀

汪曾祺写草木，首先有一颗细心观察之心，其次是有一颗多情之心，更因有一颗与草木相通之心。譬如1946年，他从昆明到上海，路过香港的时候，滞留在一个老旧的公寓里好几天。那几乎是青年汪曾祺最落魄的时候了，他找不着工作，依靠老师沈从文的一些信息去上海谋生，几乎快要撑不下去了。在香港的时候，钱已几近用光，又举目无亲，一种灰暗的心情笼罩着他。但是，阳台上的一块芋头给了他生活的勇气——一块被随手扔在煤块间的芋头竟然长了几片厚大碧绿的叶子。这份生命的执着和乐观感染了汪曾祺。人与自然在某种情境下是相通的，自然之物也是能够给予人力量的。但换句话说，如果一个悲观度日的人见了这可怜的生在煤炭里的芋头，未免要哀叹那可怜的处境了。说到底，汪曾祺绝非短见悲观之人，在芋头的感召下，他心底的勇气和希望被唤起。

【经典品读】

**汪曾祺《生机》中关于煤炭里长出的芋头的描写**

没有土壤，更没有肥料，仅仅靠了一点雨水，它，长出了几片碧绿肥厚的大叶子，在微风里高高兴兴地摇曳着。在寂寞的羁旅之中看到这几片绿叶，我心里真是说不出的喜欢。这几片绿叶使我欣慰，并且，并不夸张地说，使我获得一点生活的勇气。

玉渊潭的东湖靠近钓鱼台。曾经有人在东湖边围了一圈铁丝网，也就是铁蒺藜。围起来的湖面及附近区域都成了禁区，任何人都不能靠近。后来，汪曾祺注意到那些嵌入柳树皮的铁蒺藜并没有拆干净，这些铁蒺藜都长进树皮里去了，树皮裹着铁蒺藜愈合了，树外面鼓出来了一圈，但这并没有阻碍树的长大。“这棵柳树将带着一圈长进树皮里的铁蒺藜继续往上长，长得很大，很高。”[①]这棵树和许多人一样，都遭遇了不幸。树带着伤痕继续生长，汪曾祺自己亦是如此。也许和很多人遭遇的灭顶之灾相比，汪曾祺不算太惨，但也是经历了段惨淡的岁月。但是，他又拾起笔来努力写作，成为一棵愈晚愈翠的大树。回首往事的时候，汪曾祺没有抱怨，亦没有哀伤。从这棵

① 汪曾祺．生机//人间草木．杭州：浙江文艺出版社，2018：36.

树上，他体味到的是伤痛过后的顽强的生命力。树犹如此，人当亦然。

植物可以和人在精神上产生共鸣，但亦有它们自己的独特世界，老用人的视角去体察它们，就容易自大；唯有将人与自然放在同等的位置，才能理解这一点。山里的山丹丹花开了，那些熟知花的老堡垒户知道它们的年龄，因为“山丹丹长一年，多开一朵花。你看，十三朵”。汪曾祺很是惊讶，“山丹丹记得自己的岁数”[①]。人以为只有人类记得自己的年龄，别的物种都是浑浑噩噩地活，殊不知花有花的记忆，树有树的记忆，它们用自己的方式在记录自己的生活，自以为是的人不知道而已，唱“山丹丹花开花又落，一年又一年”的歌星更不知道。

人本来是自然的一部分，钢筋水泥的高楼把我们与自然隔绝开来了，但我们对自然的那份依恋和喜爱依然深藏。有很多人习惯了现代生活，被俗世生活缠身，或无暇顾及或忘却了自然山林。而另一些人仍能在俗世中寻觅那份自然带来的淳朴和真趣，这就是生活中的一种诗意。汪曾祺就是这样的一类人，他从不缺乏观察生活的慧心，无论身在何处。他在玉渊潭散步时看到一对捡枸杞子玩的老夫妇，十分称赞。他觉得，人老

① 汪曾祺．生机//人间草木．杭州：浙江文艺出版社，2018：37.

了也要有乐趣地生活，而能在生活中寻找乐趣的人为人也一定是厚道的，不贪权势、甘于淡泊的，夫妻间也一定是和和睦睦的。何以能从捡枸杞子这件事得出这样的结论呢？大半是因为自然的纯净力量吧。能够发现落在尘土里的细小的自然之果，并且能够在其中找到纯然的快乐，又怎会为世俗所烦忧呢？正如他的双眼一样，那四处都有的枸杞，是快乐的春天。

【经典品读】

**汪曾祺《人间草木·枸杞》中对春天枸杞的描写**

枸杞到处都有。枸杞头是春天的野菜。采摘枸杞的嫩头，略焯过，切碎，与香干丁同拌，浇酱油醋香油；或入油锅爆炒，皆极清香。夏末秋初，开淡紫色小花，谁也不注意。随即结出小小的红色的卵形浆果，即枸杞子。我的家乡叫做狗奶子。

即便是在西山种树的日子，山是石头山，挖坑是极重的活，吃的只是两个干馒头和一块大腌萝卜，汪曾祺也对自己种的树印象深刻：紫穗槐。

【经典品读】

**汪曾祺《草木春秋·紫穗槐》中对紫穗槐的描写**

紫穗槐我认识，枝叶近似槐树，抽条甚长，初夏开紫花，花似紫藤而颜色较紫藤深，花穗较小，瓣亦稍小。风摇紫穗，姗姗可爱。紫穗槐的枝叶皆可为饲料，牲口爱吃，上膘。条可编筐。

还能有谁呢？玩命干活的岁月种下的树，竟然是“姗姗可爱”的！换了其他人，非得骂那树不可。汪曾祺却还惦记着他刨的坑是不是都种上了紫穗槐呢！艰难的岁月过去，留下的竟然都是趣味，他的记忆似乎有一种自动筛选的功能，将苦难都

（供图　王保生/千龙图像/视觉中国）

紫穗槐

筛选过滤掉了。正如他自己所说："人不管走到哪一步，总得找点乐子，想一点办法。老是愁眉苦脸的，干吗呢！"[①]于是，在下放张家口的日子，他收获了马铃薯、葡萄、苹果的快乐，他给马铃薯画图谱，品尝了种类繁多的苹果和葡萄，"我更喜欢国光，因为果肉脆，一口咬下去'嘎巴'一声"，"葡萄里我最喜欢的还是玫瑰香，确实有一股玫瑰花的香味，一口浓甜"[②]。这美味的水果引得人口水直流，仿佛那根本就是出去旅游的快乐时光。

让汪曾祺更有收获的是《葡萄月令》。从一月到十二月，葡萄做了什么，他都知道，仿佛《诗经》中那个写下《七月》古诗的农民一样对植物的习性了如指掌。一月，葡萄在睡觉。二月，葡萄就醒了，醒了人就要去给它翻土。三月要上架，四月要浇水。葡萄喝水的这一段尤为精彩，在汪曾祺的笔下，葡萄像一个嗷嗷待哺的孩子一样，疯了一样地喝水。五月要浇水、喷药、打梢、掐须。一直忙碌到八月，着色，给葡萄喷波尔多液，让其下霜。接着是摘葡萄，这份丰收的乐趣不那么显眼——侍弄它们的时光更美好。九月的果园"像一个生过孩子

① 汪曾祺．草木春秋//人间草木．杭州：浙江文艺出版社，2018：14.

② 汪曾祺．果园的收获//人间草木．杭州：浙江文艺出版社，2018：81.

的少妇，宁静、幸福，而慵懒”[①]。要一直到十二月，将葡萄入窖了，才算一年安稳了。一年过去，葡萄从发芽到结果再到冬眠，农民们经历了春夏秋冬的忙碌，几千年前的农民亦是这样，充实而宁静。汪曾祺用长长短短的句子、朴实而又欢快的语气展示了葡萄的一生，亦揭示了劳动人民生活的一角，通过现代散文的方式与几千年前的农民生活产生了时空的回响，令人感慨不已。他举着喷波尔多液的喷头，和“带月荷锄归”的陶渊明一样，快乐得像个山间野夫。在和自然草木的亲密接触中，他们远离尘嚣，都获得了宁静。

【经典品读】

### 汪曾祺《葡萄月令》中关于葡萄猛喝水的描写

葡萄喝起水来是惊人的。它真是在喝哎！葡萄藤的组织跟别的果树不一样，它里面是一根一根细小的导管。这一点，中国的古人早就发现了。《图经》云：“根苗中空相通。圃人将货之，欲得厚利，暮溉其根，而晨朝水浸子中矣，故俗呼其苗为木通。”“暮溉其根，而晨朝水浸

① 汪曾祺．葡萄月令//人间草木．杭州：浙江文艺出版社，2018：76.

子中矣”，是不对的。葡萄成熟了，就不能再浇水了。再浇，果粒就会涨破。“中空相通”却是很准确的。浇了水，不大一会，它就从根直吸到梢，简直是小孩嘬奶似的拼命往上嘬。浇过了水，你再回来看看吧：梢头切断过的破口，就嗒嗒地往下滴水了。

# 细察人间百态

汪曾祺不仅善于体察自然草木，也善于观察人间风情，他说：风俗是一个民族集体创作的抒情诗，它反映了一个地方的人民对生活的挚爱，对“活着”所感到的欢愉。[①]高邮是他生于斯长于斯的地方，他爱东看西看，也从小看到大，自然有深入骨髓的了解，他的小说中诸多风俗背景都来自高邮这座古老的城市，诸如寺庙、过节习俗、吃食习惯等。而这份东看西看的性情到老也没有改变，凡是他所走过的地方，他都用那份独到的观察力记录了下来。

云南是汪曾祺的第二故乡，他对这里的一草一木都有着深厚的情感。文林街是昆明一条热闹的街道，一年四季，从早到晚，有各种吆喝叫卖的声音。尤其有一个老吆喝贵州遵义板桥的化风丹的，让他永远也忘不了板桥这地方。晚上则有一个极其低沉苍老的声音，很悲凉地喊着：“壁虱药！蛇蚤药！”之所

① 汪曾祺．谈谈风俗画 // 汪曾祺全集（三）：散文卷．北京：北京师范大学出版社，1998：348.

以会有卖这东西的，是因为昆明的跳蚤极多，并且在晚间大家都被咬的时候出来卖效果就很好了。昆明产一种很大、颜色红得发黑的“火炭梅”，总有年轻的姑娘挽着竹篮出来叫卖。

而昆明大西门外则混杂着复杂的烟火味道，这里有“米市、菜市、肉市，柴驮子、炭驮子、马粪，粗细瓷碗、砂锅铁锅，焖鸡米线、烧饵块、金钱片腿、牛干巴，炒菜的油烟、炸辣子的呛人的气味。红黄蓝白黑，酸甜苦辣咸”①。

联大的学生有一个爱好就是泡茶馆，因此，汪曾祺对昆明的茶馆尤为熟悉。昆明的茶馆有大有小，大茶馆很气派，还有唱围鼓的。围鼓是一群有同好的闲人聚拢来，由演员或票友清唱，都是唱着玩儿。这是一种有趣的现象，茶馆借此可以招徕顾客，来的客人可以一面喝茶、一面听围鼓，这就是一种特殊的“吃围鼓茶”。联大的穷学生想必是不能天天去这种大茶馆的。联大旁边的凤翥街和文林街上有十来家，都是小茶馆。小茶馆是很简陋的，除了卖茶，还卖草鞋和地瓜。有的茶馆除了卖清茶，还卖点心，诸如芙蓉糕、萨其玛、月饼、桃酥等，这又有点像广东的感觉了，实际上，汪曾祺说的是一个绍兴人开的茶馆。吃茶的有街上的闲人、赶马的“马锅头”、卖柴的、

---

① 汪曾祺．钓人的孩子//汪曾祺全集（二）：小说卷．北京：北京师范大学出版社，1998：2.

卖菜的，都抽一种需要卷的叶子烟。他曾写道：

> 记得旧时好，跟随爹爹去吃茶。门前磨螺壳，巷口弄泥沙。①

在那喧闹而嘈杂的茶馆壁上，汪曾祺还发现了这样一首真正的诗，令他大为惊讶。透过他的笔触，这些穿梭着不同人群的茶馆将上世纪老昆明的市景市貌电影般展现在读者眼前。北京的茶馆因为老舍而著名起来；昆明的茶馆得亏了汪曾祺当年细细的观察、文学化的记录，才得以展现当年的风貌。

汪曾祺七年的云南生活使他熟知昆明的年俗。年俗最能体现一个地方的特色。过年的时候，昆明人要在室内铺上碧绿、充满松香的松毛，有种别样的年味儿；一些店铺门面竟然贴唐诗而不是春联，沿着过年的大街走一圈，就走进了唐诗的世界，这真是别样的乐趣。

街头的游戏里有掷升官图的，类似一种游戏棋：掷了骰子，按骰子点数在一种印了回文的纸上走，就可能升官或贬官，颇为有趣。除此亦有一种别处没有的：劈甘蔗。

---

① 汪曾祺．泡茶馆//汪曾祺全集（三）：散文卷．北京：北京师范大学出版社，1998：367.

【经典品读】

**汪曾祺《昆明的年俗》中**
**关于昆明街头劈甘蔗游戏的描写**

春节街头常见人赌赛劈甘蔗。七八个小伙子，凑钱买一堆甘蔗，人备折刀一把，轮流劈。甘蔗立在地上，用刀尖压住甘蔗梢，急撆刀，小刀在空中画一圈，趁甘蔗未倒，一刀劈下。劈到哪里，切断，以上一截即归劈者。

还有卖葛根的，买的时候论片买，带着微微的苦味，这也是昆明的年味。昆明不像高邮那样雅致而古韵悠悠，却十分有烟火气，熙熙攘攘的泥土气特别浓郁，到了汪曾祺的笔下就有了西部边陲独有的抒情歌的味道。

如果说昆明是汪曾祺的第二故乡，那么北京就应该是他的第三故乡了，他人生的最后将近五十年时光都在北京度过。1948年，汪曾祺初到北京，从此再也没有离开。起初，他在午门历史博物馆寻职业，住在右掖门下。1950年夏天，他又在东单三条、河泊厂住过一段时间。下放张家口四年后，汪曾祺又回到北京，住在国会街五号、甘家口，前后将近有二十年。后来，他又搬去南面的蒲黄榆，度过了他生命的最后十几年。他一生最坎坷的时候在这里，一生最荣耀的时光也在这里，他在

这里开始真正从事写作，在这里开始声名鹊起。北京于他而言甚至具有超越故乡的意义。

很多作家一生对自己的故乡眷念不已，一生都在书写自己的故土。汪曾祺当然也是如此，但他亦有把他乡写成故乡的本事。他用自己的后半生静静地观察这座古城，从吃食到草木虫鱼，从城到人，都予以温情的关怀。他笔下的北京，俨然是老北京人记忆中的北京，是能跟老舍的京味儿文学媲美的。

玉渊潭是他常去的地方，在那里有一片小树林，是遛鸟人的聚居地，汪曾祺很爱跟这些人攀谈，他熟知这些人的生活。“提笼架鸟”本是清朝八旗子弟和太监们的爱好，后来逐渐成了好多平常老百姓的爱好，在修鞋的、卖豆腐的、钉马掌的摊子前都能看到一笼鸟，遛鸟也成了生活情趣。遛鸟人起得很早，一大清早就向各大公园出动了，他们带着三五笼或七八笼鸟，在车把上、后座上把鸟安排得妥妥当当的。为什么鸟也需要遛呢？因为鸟不遛不叫。遛鸟第一是为了使鸟和主人熟悉，习惯笼子生活；第二是为了“会鸟儿”，使鸟学习其他的鸟叫声。所以，遛鸟人也不是各遛各的，而是进行群体活动。这是老北京生活的一种，安闲宁静，又带着一股讲究的味道。

北京城是方方正正的，汪曾祺认为这也影响到了北京人的思想。北京人的文化主要是胡同文化，胡同里有啥卖可能就叫啥名字，好多至今还在用，比如牛街、羊肉胡同。胡同和四合院连在一起，国会街五号的后窗就对着一个大杂院儿，汪曾祺能天天看着院里的人们，一看就是几个小时。他说，胡同文化是一种封闭文化，人们一住进去就哪儿也不愿去了，“破家值万贯”。北京人的理想就是独门独院，门一关就是自己的家，但开了门还是颇讲究礼数的。对待生活，北京人也是方正保守的，易于满足，有窝头就不错，有大腌萝卜、小酱萝卜那生活就很不错了。

北京人还很爱看热闹，却不爱管闲事，看看就好。学生示威游行什么的，绝不是老北京人的事。对待人生的很多事，他们不精于对付，却精于“忍”。汪曾祺住在蒲黄榆的时候，楼里有个小伙子为了小事打了开电梯的小姑娘一个嘴巴，汪曾祺准备请几位老北京人一起为小姑娘讨回正义，却无功而返。

【经典品读】

**汪曾祺《胡同文化》中**
**关于北京人“忍”这种性格的描写**

我们楼里有个小伙子，为一点事，打了开电梯的小姑娘一个嘴巴。我们都很生气，怎么可以打一个女孩子呢！我跟两个上了岁数的老北京（他们是“搬迁户”，原来是住在胡同里的）说，大家应该主持正义，让小伙子当众向小姑娘认错，这二位同志说："叫他认错？门儿也没有！忍着吧！——'穷忍着，富耐着，睡不着眯着'！""睡不着眯着"这话实在太精彩了！睡不着，别烦躁，别起急，眯着，北京人，真有你的！

"睡不着眯着"，就这一句，就把老北京文化中的陋习展现出来了。尽管在揶揄，但汪曾祺不是犀利地讽刺，最多就是调侃。他用自己温和的眼睛观察这座城，用笔活灵活现地记录着城里的人和事。

一地山水养育一方人烟，人们在大地上形成了自己独特的习俗，这些习俗就是人的性情的写照，带有人的灵魂。汪曾祺是如此细致地观察着他所走过的每一座城、城里的人，关注他们的生活、他们生活的方式。像望着大杂院的人们一样，他一望就是一生，对每一个平凡的人、每一件平凡的物都给予了浓厚的关怀。所谓的人道主义抒情者，正是如此，深情凝望土地上的人们，并为他们的生活唱出一首一首的抒情诗来。

【我来品说】

1. 草木和人一样都有着独特的情感。汪曾祺之所以能对草木给予如此多的关注，能体察草木的情怀，原因是什么呢?

2. 一方水土养一方人，汪曾祺笔下的民俗风情描写带给你怎样的感受?

# 第五章 《端午的鸭蛋》：吃家的艺术

导读

“高邮咸蛋的特点是质细而油多。蛋白柔嫩，不似别处的发干、发粉，入口如嚼石灰。油多尤为别处所不及。鸭蛋的吃法，如袁子才所说，带壳切开，是一种，那是席间待客的办法。平常食用，一般都是敲破‘空头’用筷子挖着吃。筷子头一扎下去，吱——红油就冒出来了。”读完这一段关于咸鸭蛋的描述，你是不是已经开始馋了呢？

高邮是一片水乡，产鸭，当然也生产鸭蛋，于是，这个地方有了一种名特产——高邮咸鸭蛋。这种蛋很有名，上海的鸭蛋贴了“高邮鸭蛋”四个字销量就能大增，可见其声名之远播。早些时候，这鸭蛋在高邮周边的县市颇为有名，后来竟然全国人民都知道有一种鸭蛋叫高邮鸭蛋，在端午时节尤为美味。那是因为1981年，汪曾祺写了一篇《端午的鸭蛋》，读过这几句以后，就再也不能忘记高邮的鸭蛋了：“我对异乡人称道高邮鸭蛋，是不大高兴的，好像我们那穷地方就出鸭蛋似的！不过高邮的咸鸭蛋，确实是好，我走的地方不少，所食鸭蛋多矣，但和我家乡的完全不能相比！曾经沧海难为水，他乡咸鸭蛋，我实在瞧不上。”[①]一句“我实在瞧不上”，满含着对别地鸭蛋诚恳的歉意，更掩不住一腔诚实的骄傲，实足地勾起了读者的食欲。汪曾祺最知道吃，亦最知道如何描述吃，因而在作家里他是吃家，在吃家里他又是作家，可谓左右逢源。

---

① 汪曾祺．端午的鸭蛋 // 汪曾祺全集（四）：散文卷．北京：北京师范大学出版社，1998：20.

# 品至味：会吃的作家

一个会写吃食的人一定是个爱吃的人。周作人就经常写吃食，比如在《故乡的野菜》中以及在文章或书信中提及绍兴或者日本的一些吃食；到了晚年，他在生活极度困难的情况下，与香港友人通信，别的没有，提出的要求均是吃食，而且很多是当时大陆很难寻到的，诸如黄油等一类食物，可见其对吃食的看重。读过《许三观卖血记》的人，一定会对许三观在饥饿的晚上用语言给家人炒菜的情节印象深刻，作者余华在生活中亦必是一个爱吃、对吃有研究的人。

这些作家虽然能看出爱美食，但在作品中仅是偶见有美食；而在汪曾祺的笔下，却处处能看见美食的踪迹，汪曾祺对美食的钟爱可见一斑。先看看他散文的题目：诸如《端午的鸭蛋》《黄油烙饼》《萝卜》《米线和饵块》《豆腐》《干丝》《昆明的吃食》《手把肉》《贴秋膘》《栗子》《面茶》《豆汁儿》《菌小谱》……都足以让一个嘴馋的人流下口水来。这些吃食从高邮到云南再到北京，走到一地吃一地，并且吃出了心得，这就是汪曾祺的生活态度。

汪曾祺不但爱吃，而且很懂吃，什么口味都能吃。比如膻味，《四方食事》中提到，吃羊肉最好的是手把羊肉。在维吾尔、哈萨克和内蒙古这几个盛产羊肉的地方，汪曾祺认为还是内蒙古羊肉最佳。人们惯常以膻和不膻作为辨别羊肉好坏的标准，他则认为“膻亦无妨”。他讲过一个自己亲历的吃羊肉的故事——

【经典品读】

**汪曾祺《四方食事》中关于白煮羊肉的描写**

我曾在达茂旗吃过“羊贝子”，即白煮全羊。整只羊放在锅里只煮四十五分钟（为了照顾远来的汉人客人，多煮了十五分钟，他们自己吃，只煮半小时），各人用刀割取自己中意的部位，蘸一点作料（原来只备一碗盐水，近年有了较多的作料）吃。羊肉带生，一刀切下去，会汪出一点血，但是鲜嫩无比。内蒙人说，羊肉越煮越老，半熟的，才易消化，也能多吃。

我几次到内蒙，吃羊肉吃得非常过瘾。

这种吃法既粗犷又带着几分时髦，还有点像吃四川的白切鸡，不过四川吃鸡精华却在极其丰富的佐料上面。

说到“鲜”味，汪曾祺认为高邮的虾子就是代表，虾子冬笋、虾子豆腐羹都很鲜；虾子放得太多，还会鲜掉眉毛呢。而好玩的是，汪曾祺在龙须面里放了虾子，却被孙女以有什么味儿拒绝了——他是断然不会拒绝这份鲜味的。

辣味汪曾祺也能吃，他在云南待过。中国爱吃辣的不唯四川，川黔滇湘赣都喜欢吃辣。汪曾祺曾说：“我的吃辣是在昆明练出来的，曾跟几个贵州同学在一起用青辣椒在火上烧烧，蘸盐水下酒。”[①]有一回，他的一个嗜辣如命的同事带来了一饭盒土家族的辣椒，他也尝了，据说是又辣又香。

很多南方人看到北方人生嚼大蒜、大葱蘸酱都不免咧嘴，南方人只把这两样当佐料，没人白嘴生吃的，因为受不了那股生冲冲的辣味。而来自水乡的汪曾祺也学会了吃葱蒜的辣。有一回，他和食堂炊事员一起吃早餐，炊事员们吃油饼竟然就着蒜，他不解，河南籍的炊事员让他试试，果然试出了门道。后来，他回家吃了几天鱼虾荤腥后腻了，跟家人说下一碗阳春面，再弄点葱和生蒜，家人被骇了一大跳。

其他奇奇怪怪的味道，他亦不拒绝。比如芫荽，他曾经是不吃的，后来某一天咬牙吃了中药铺管事拌的凉拌芫荽，从此

---

① 汪曾祺．四方食事//汪曾祺全集（四）：散文卷．北京：北京师范大学出版社，1998：376.

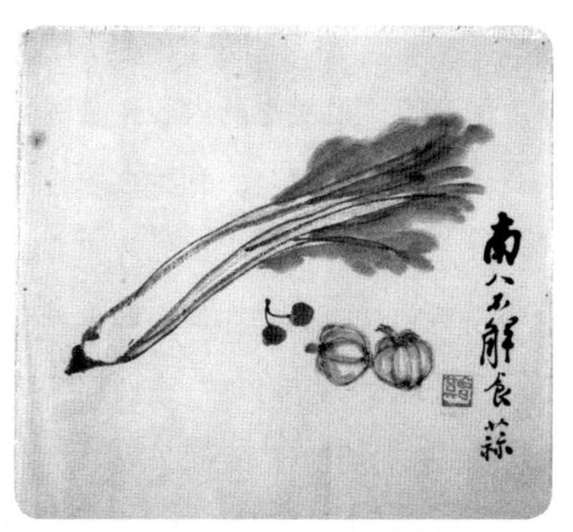


汪曾祺国画：南人不解食蒜

就吃了，每次吃涮羊肉还要撒一大把！苦瓜亦是如此。在同一位诗人吃饭的时候，诗人要了个苦瓜宴：凉拌苦瓜、炒苦瓜、苦瓜汤。诗人还激将汪曾祺敢不敢吃。汪曾祺一口吃下去，从此就以苦为甘了。甚至看到北京人用凉水连拔三次苦瓜后再吃，他还嗤之以鼻："那还有什么意思！"①

对于味道和吃什么，汪曾祺如他做人一样，是很通达的。在他眼里，广州人爱吃蛇肉和傣族人爱吃牛肠里没有完全消化的粪汁，就和南方人爱吃米饭、北方人爱吃馒头一样，无足为奇。并且他还鼓励一个人的口味要宽一些、要杂一些，他自己

① 汪曾祺．四方食事//汪曾祺全集（四）：散文卷．北京：北京师范大学出版社，1998：376.

就是如此。

除了对味道的宽容，他对吃的内容亦是宽容的，什么都爱吃。风雅的比如蒌蒿。蒌蒿是一种生在水边的野草，粗如笔管，有节，生狭长的小叶；初生，二寸来高，叫作蒌蒿薹子，加肉炒食极清香，食时如坐在河边闻到新涨的春水的气味。汪曾祺爱吃，后来离开家乡以后，这种野菜成了家乡的味道。有家乡人从高邮来，给他带了一些蒌蒿，可惜的是被捂坏了，他在坏的里面挑挑拣拣，兴高采烈地炒了一盘出来，可见其兴趣。

写苦难岁月里的阳光——黄油烙饼，他写出了平常食物在灾难岁月的奇光异彩，让人又馋又心酸：

【经典品读】

**汪曾祺《黄油烙饼》中**
**关于艰难岁月里的黄油烙饼的描写**

正在咽着红饼子的萧胜的妈忽然站起来，把缸里的一点白面倒出来，又从柜子里取出一瓶奶奶没有动过的黄油，启开瓶盖，挖了一大块，抓了一把白糖，兑点起子，擀了两张黄油发面饼。抓了一把莜麦秸塞进灶火，烙熟了。黄油烙饼发出香味，和南食堂里的一样。妈把黄油烙饼放在萧胜面前，说：

“吃吧，儿子，别问了。”

萧胜吃了两口，真好吃。他忽然咧开嘴痛哭起来，高叫了一声：“奶奶！”

汪曾祺在云南吃了很多北边没有的东西，其中令人印象深刻的是昆明的菌子。他本来是要写昆明的雨的，写着写着还是写到了吃上。

【经典品读】

**汪曾祺《昆明的雨》中关于昆明雨季菌子的描写**

昆明菌子极多。雨季逛菜市场，随时可以看到各种菌子。最多，也最便宜的是牛肝菌。牛肝菌下来的时候，家家饭馆卖炒牛肝菌，连西南联大食堂的桌子上都可以有一碗。牛肝菌色如牛肝，滑，嫩，鲜，香，很好吃。炒牛肝菌须多放蒜，否则容易使人晕倒。青头菌比牛肝菌略贵。这种菌子炒熟了也还是浅绿色的，格调比牛肝菌高。菌中之王是鸡枞，味道鲜浓，无可方比。鸡枞是名贵的山珍，但并不真的贵得惊人。一盘红烧鸡枞的价钱和一碗黄焖鸡不相上下，因为这东西在云南并不难得。有一个笑话：有人从昆明坐火车到呈贡，在车上看到地上有一棵鸡枞，他跳下去把鸡枞捡了，紧赶两步，还能爬上火车。这笑话用意在说明昆明到呈贡的火车之慢，但也说明鸡枞随处可见。有一种菌子，中吃不中看，叫做干巴菌。乍一看那样子，真叫人怀疑：这种东西也能吃？！颜色深褐带绿，有点像一堆半干的牛粪或一个被踩破了的马蜂窝。里头还有许多草茎、松毛、乱七八糟！可是下点功夫，把草茎松毛择净，撕成蟹腿肉粗细的丝，和青辣椒同炒，入口便会使你张目结舌：这东西这么好吃？！还有一种菌子，中看不中吃，叫鸡油菌。都是一般大小，有一块银圆那样大的溜圆，颜色浅黄，恰似鸡油一样。这种菌子只能做菜时配色用，没甚味道。

汪曾祺在这段描写中展示了他对云南菌子丰富的了解，包括这些菌子如何入菜，以及入菜后的味道，想必他是如神农一般尝过了“百菌”吧。正因为有这样丰富的吃菌经验，他在沽源劳动时捡到一朵很大的蘑菇，才敢将其带回宿舍，并且精心晒干，收藏起来。等到年节回北京，他将这朵蘑菇背回了家，为家人做了一锅鲜美无比的蘑菇汤。可以想象，在那天晚上的餐桌上，蘑菇汤是多么令人欢乐。汪曾祺背的似乎已经不是蘑菇了，而是一种生活的态度——一种饶有趣味的生活态度。重视吃，看重吃，并且会吃，这何尝不是生活最大的乐趣呢？

晚年的时候，汪曾祺将这种爱吃的兴趣化为了实践，更爱做吃的了。他喜欢逛菜市场，那些生鲜的活鸡鸭、活鱼，生菜，五颜六色的辣椒、青菜，都给了他生命的乐趣，他乐在其中。他自己尝试做麻婆豆腐，做了好多次，尝了尝都不是那个味儿，后来研究了下，发现不能用猪肉末，得用牛肉末。他很得意地把这个方法写了出来。

1987年，汪曾祺受聂华苓和保罗·安格尔夫妇邀请到美国参加国际写作活动，写回家的信一半都在谈吃的事。他给留学

汪曾祺国画：鱼

生做了鱼香肉丝，美国的肉便宜，缺点是蔬菜不好，大白菜煮不烂。他还搞了招待会，煮了茶叶蛋，炸了外国人很喜欢吃的春卷。渐渐地，在美国这种艰苦的环境中，他做的菜也升级了，后来开始做拌芹菜、白菜丸子汤，甚至还有水煮牛肉，令来客赞不绝口。

看来什么环境都不能阻止汪曾祺研究美食的步伐。后来，聂华苓夫妇到了北京，汪曾祺终于有了机会可以大展身手，其中有道淮扬菜里的大煮干丝，据说聂华苓连最后剩的一点汤都端起碗来喝掉了。台湾女作家陈怡真到北京来，指名要汪曾祺给她做一回饭。汪曾祺做了几个菜，其中一道是干贝烧小萝卜——那几天正是北京小萝卜长得最足最嫩的时候。这个菜连汪老自己吃了都很惊诧：味道鲜甜如此！还炒了一盘云南干巴菌——陈怡真吃了，还剩下一点，用一个塑料袋包起，说带到宾馆去吃。这萝卜、干巴菌哪里是来自台湾的陈女士吃过的呢！

这几次做饭的例子都展示了一位吃家的艺术：他似乎什么都会做，还能依据来客的特点做不同的菜，都快赶上饭店厨师了。但这样的效果根本还是源于汪曾祺有一颗热爱生活的心，他喜欢吃，也喜欢研究吃，所以才能做吃的，还能做好吃的，这其中真需要一颗经营生活的匠心。如果一个人吃都不讲究了，那生活的滋味估计也很难浓起来。

# 书美味：会写的吃家

中国文化中，饮食文化是非常重要的一块，这都源于中国地理位置绝佳，土地面积广大，出产物种众多。中国人从很早开始就形成了爱吃、会吃的特点，于是饮食文化蔚然成风。古往今来，爱吃的人很多，爱吃的文人也很多，比如苏轼，就以写诗作文的才华和会做饭的才华著称，他出生在美食之乡四川，做官一再被贬，但被贬一路竟然吃了一路，什么东坡肘子、东坡肉、酿酒啥的，都不在话下，他的诗里都能找到食谱；而中国文人更是有许多关于饮食的著述，如清代李渔的《闲情偶寄》、袁枚的《随园食单》，近代以来周作人谈吃比较多，还有梁实秋的《雅舍谈吃》、唐鲁孙的《中国吃》、邓云乡的《云乡话食》等。所以，就此看来，文人谈吃是有传统的。

汪曾祺从一个善做吃食的传统家庭走出来，从小就带着对美食特有的敏锐，走遍大江南北，吃遍大江南北，历经人生起落，到暮年之际，性情更显平淡，传统文人儒雅恬淡的特质在其身上愈发突出，其对食物的认识也更加深刻。在这样的心境下，他做美食、品美食，又将平生心得熔铸于文字之中，以平淡之笔书天下之美味，因此成了当代会写的吃家中的佼佼者。

在汪曾祺的笔下，食物已然超出了饱腹之需，即或是灾荒岁月、战乱年月的吃食，他回忆起来都充满了文化意蕴。因此，可以从三个方面来看待汪曾祺笔下美食中的文化意蕴：浓郁的风俗民情、广博的知识性、赤诚而淡然的生活态度。

汪曾祺打小就喜欢沿着上下学的路一路观摩那些当街的摊贩店铺，对民间的一切都充满了兴趣。长大以后，他辗转南北，获得了许多实地经验，后来又曾做过民俗文学方面的编辑。因此，对民俗的关注是他作品中很重要的方面。而民间的风土人情在吃食上的反映更为显著，所以在汪曾祺的笔下，吃食中蕴含着诸多有趣的民俗文化。

汪曾祺最熟悉的莫过于他的家乡高邮了，家乡的习俗他闭着眼也能想得出来，所以写起来也是信手拈来，诸如《端午的鸭蛋》，除了鸭蛋色泽鲜艳、味道诱人的描述外，关于端午的习俗也生动有趣。比如，手腕上要戴五色丝线，堂屋要贴城隍庙的符，要贴五毒……还有更特别的是放雄黄烟子、写“虎”字，这对孩子们来讲是很有趣的。除此以外，还要吃“十二红”，且看这段描写——

## 【经典品读】

### 汪曾祺《端午的鸭蛋》中关于端午习俗的描写

家乡的端午，很多风俗和外地一样。系百索子。五色的丝线拧成小绳，系在手腕上。丝线是掉色的，洗脸时沾了水，手腕上就印得红一道绿一道的。做香角子。丝线缠成小粽子，里头装了香面，一个一个串起来，挂在帐钩上。贴五毒。红纸剪成五毒，贴在门坎上。贴符。这符是城隍庙送来的。城隍庙的老道士还是我的寄名干爹，他每年端午节前就派小道士送符来，还有两把小纸扇。符送来了，就贴在堂屋的门楣上。一尺来长的黄色、蓝色的纸条，上面用朱笔画些莫名其妙的道道，这就能辟邪么？喝雄黄酒。用酒和的雄黄在孩子的额头上画一个王字，这是很多地方都有的。有一个风俗不知别处有不：放黄烟子。黄烟子是大小如北方的麻雷子的炮仗，只是里面灌的不是硝药，而是雄黄。点着后不响，只是冒出一股黄烟，能冒好一会。把点着的黄烟子丢在橱柜下面，说是可以熏五毒。小孩子点了黄烟子，常把它的一头抵在板壁上写虎字。写黄烟虎字笔画不能断，所以我们那里的孩子都会写草书的“一笔虎”。还有一个风俗，是端午节的午饭要吃“十二红”，就是十二道红颜色的菜。十二红里我只记得有炒红苋菜、油爆虾、咸鸭蛋，其余的都记不清，数不出了。也许十二红只是一个名目，不一定真凑足十二样。不过午饭的菜都是红的，这一点是我没有记错的，而且，苋菜、虾、鸭蛋，一定是有的。这三样，在我的家乡，都不贵，多数人家是吃得起的。

于是，通过汪曾祺的笔触，读者不仅“吃”了端午的鸭蛋，也感知了高邮的整个端午节，知道高邮的鸭蛋在端午节不但可以吃，而且可以拿来玩“鸭蛋络子”，玩得高兴了，就可以把络子里的蛋掏出来吃了。

而到了冬天，过了冬至，高邮是要吃炒米的。一到了冬至以后，背着大筛子、手执长柄铁铲的炒米人就来了。高邮的人家炒米，一炒就要炒一年的，而只有这个时节才有炒米的，所以一炒米，大家都知道要过年了。汪家也是要炒米的，他们家与别家不同的地方在于祖母舀炒米的工具。

【经典品读】

**汪曾祺《故乡的食物》中关于炒米的描写**

装炒米的坛子是固定的，这个坛子就叫“炒米坛子”，不作别的用途。舀炒米的东西也是固定的，一般人家大都是用一个香烟罐头。我的祖母用的是一个“柚子壳”。柚子，——我们那里柚子不多见，从顶上开一个洞，把里面的瓤掏出来，再塞上米糠，风干，就成了一个硬壳的钵状的东西。她用这个柚子壳用了一辈子。

清明节各地的吃食都不太一样。南方很多地方吃青团，四川吃一种用清明草做的清明粑粑，而高邮吃的竟然是螺蛳，这果然是水乡特色。这螺蛳吃得很巧，吃完又成了孩子们的玩物了。

【经典品读】

**汪曾祺《故乡的食物》中**
**关于清明吃螺蛳习惯的描写**

螺蛳处处有之。我们家乡清明吃螺蛳，谓可以明目。用五香煮熟螺蛳，分给孩子，一人半碗，由他们自己用竹签挑着吃，孩子吃了螺蛳，用小竹弓把螺蛳壳射到屋顶上，喀拉喀拉地响。夏天“检漏”，瓦匠总要扫下好些螺蛳壳。这种小弓不作别的用处，就叫做螺蛳弓，我在小说《戴东匠》里对螺蛳弓有较详细的描写。

随着汪曾祺笔下的吃食，读者仿佛欣赏风俗画一样，对一地的民风民情也有了趣味的了解，例如云南的吃食。汪曾祺在云南度过了青年岁月，昆明要算他的第二故乡了，他对这个地方有着很深的感情，所以回忆起来满是怀念。他自己如是说："我离开昆明整四十年了，对昆明菜一直不能忘。"[①]云南人养鸡极多，也极爱吃鸡，有鼎鼎大名的汽锅鸡，还有凉鸡也就是白斩鸡，还有油淋鸡、鸡杂（吃糖葫芦一般地吃鸡杂）……云南人简直是鸡的天敌！半夜若读到汪曾祺这段描写鸡杂的文字，难保不生出买一张去昆明的机票的念头："昆明旧有卖鸡杂的，挎腰圆食盒，串街唤卖。鸡肫鸡肝皆用篾条穿成一串，如北京的糖葫芦。鸡肠子盘紧如素鸡，买时旋切片。耐嚼，极有味，而价甚廉，为佐茶下酒妙品。"所以，读汪曾祺散文，既能尝美食，又能品人情。

周作人散文以广博的知识著称，随手一写都能进行驳杂而深远的知识链接，可谓功力深厚。而汪曾祺在吃食上亦有此功夫，可见其一生果真在用心吃。他随口一讲吃食都能举出若干种不同做法抑或是不同地方的吃法，这样的吃必然是艺术的吃。就拿豆腐来说，这种独特的中国食物在大江南北都是餐桌上的爱物，但像汪曾祺如此了解豆腐的，为数不多。且在《豆

① 汪曾祺．昆明的吃食//汪曾祺全集（五）：散文卷．北京：北京师范大学出版社，1998：480.

腐》一文中去一览这种食物让人叹为观止的吃法吧。

豆腐从老嫩来讲，有南北豆腐之分，南豆腐更嫩，再嫩一些的是豆腐脑，不老不嫩的有北京“老豆腐”和四川豆花，最嫩的是湖南的水豆腐。不同成型方法做出来的还有豆腐干和油豆皮。想必这些都是汪曾祺见过的，在他生活的那个没有网络查询和地图指引美食的时代，这种对吃食的专注让人惊叹。更为精彩的是他对豆腐做法的描写，简单是拌豆腐，上品是香椿拌豆腐，其次是小葱拌豆腐和上海的松花蛋拌豆腐、高邮的咸鸭蛋拌豆腐，其中香椿拌豆腐的描写别具生气，让人读之终身难忘：“嫩香椿头，芽叶未舒，颜色紫赤，嗅之香气扑鼻，入开水稍烫，梗叶转为碧绿，捞出，揉以细盐，候冷，切为碎末，与豆腐同拌（以南豆腐为佳），下香油数滴。一箸入口，三春不忘。香椿头只卖得数日，过此则叶绿梗硬，香气大减。”①其中吃的虽为豆腐，却似乎吃了一个春天。

烧豆腐里有煎过再烧的虎皮豆腐，还有湖南的菌油豆腐、肉末烧豆腐，最为好吃的是麻婆豆腐。汪曾祺不但爱吃，而且爱做，最终还做出了心得。

---

① 汪曾祺．豆腐//汪曾祺全集（五）：散文卷．北京：北京师范大学出版社，1998：383.

【经典品读】

### 汪曾祺《豆腐》中关于四川麻婆豆腐烹制心得

相传有陈婆婆，脸上有几粒麻子，在乡场上摆一个饭摊，挑油的脚夫路过，常到她的饭摊上吃饭，陈婆婆把油桶底下剩的油刮下来，给他们烧豆腐。后来大人先生也特意来吃她烧的豆腐。于是麻婆豆腐名闻遐迩。陈麻婆是个值得纪念的人物，中国烹饪史上应为她大书一笔，因为麻婆豆腐确实很好吃。做麻婆豆腐的要领是：一要油多。二要用牛肉末。我曾做过多次麻婆豆腐，都不是那个味儿，后来才知道我用的是瘦猪肉末。牛肉末不能用猪肉末代替。三是要用郫县豆瓣。豆瓣须剁碎。四是要用文火，俟汤汁渐渐收入豆腐，才起锅。五是起锅时要撒一层川花椒末。一定得用川花椒，即名为“大红袍”者。用山西、河北花椒，味道即差。六是盛出就吃。如果正在喝酒说话，应该把说话的嘴腾出来。麻婆豆腐必须是：麻、辣、烫。

这份麻婆豆腐，估计四川人吃了也要啧啧称赞吧。

除此以外，还有昆明小饭铺的小炒豆腐，用骨头汤或肉汤炖的砂锅豆腐，还有用切成指甲盖大的豆腐做成的、以虾子酱油汤熬成的汪豆腐……就豆腐这一样，汪曾祺如数家珍，洋洋

汪曾祺国画：螃蟹

洒洒写了一大篇文章，让人叹为观止。他对吃食的这种广博的了解不同于周作人式的文学考究，更多地来源于其丰富的生活经验和一份对生活极大的热爱。如若不是热爱生活，又怎会如此留心食物？因此，读汪曾祺的美食散文，让人真正感怀的是文章背后那份对生活无怨无悔、始终热忱的爱。

正因为有这份始终热忱的爱，所以汪曾祺无论在什么样的境遇下总能发现生活中的美食，总能在苦中觅到一份美味。上世纪40年代，汪曾祺在云南过着非常穷的日子。那时候，他是穷学生，肄业以后在昆明辗转流落，最后当了民办学校老师，生活可说是穷困潦倒。但是回忆起来，他却觉得非常快乐。在他的文章里，昆明是个美食的宝藏之地：有各式各样的菌子，味道鲜美；有破酥包子、汽锅鸡，还有带清香的玉米粑粑、吉庆祥火腿月饼、美味多汁的宝珠梨、宜良石榴，还有一掰两半的香甜昆明桃……谁能想到他竟然是在那样的心境和遭遇下吃到这些美食的呢?

不仅如此，他被下放张家口，用大笼屉蒸上新山药，亦是一顿美食；在野外拾得一朵大蘑菇，他也要精心晒干了，带回老家和家人们一块儿品尝。有了这种生活的态度，无论身处何处，都能把生活写成一首诗，十足叫人羡慕。

【我来品说】

1. 你从汪曾祺的爱吃、爱写吃食中读出了他怎样的生活态度?

2. 为什么汪曾祺写吃食的这些文章会受到读者的热评?

# 第六章

## 《鸡鸭名家》：最后一位士大夫

导读

士大夫，是古代中国对于社会上的士人和官吏之统称，始于战国。他们既是国家政治的直接参与者，同时又是社会上文化、艺术的创造者、传承者。政治是绝大多数“士大夫”人生的第一要务；但同时，他们的文化素养也决定了他们是文学、书法、绘画、篆刻、古董收藏等文化的继承者和创造者。汪曾祺既不是官员又没有参与过政治，他生活在现代社会，为什么人们要称他为“士大夫”？又为什么还要称其为“最后一位”呢？

汪曾祺有很多名号，在诸多的名号中，有一个总也绕不开——中国最后一位士大夫。何为士大夫？《辞海》中解释为：古代指官僚阶层，旧时也指有地位、有声望的读书人。士大夫阶层兴起于先秦，是古代中国对于社会上那些具有声望、地位的知识分子和官吏之统称。他们既是国家政治的直接参与者，同时又是社会上层文化、艺术的创造者、传承者；用现在的话说，就是社会精英知识分子。但是，为何要称之为“士大夫”而不是“知识分子”呢？这是因为“士大夫”更能体现时代之感。汪曾祺是中国传统式知识分子的余脉，因而在他去世以后，世人皆称一个时代终结了。

汪曾祺被称为“士大夫”始于上世纪80年代。也就是在1989年汪曾祺作品研讨会上，黄子平、陈平原等学者给汪曾祺作了“中国最后一位士大夫”这样的评价，后来这一说法逐渐流传并被广泛接纳。孙郁教授后来为汪曾祺做传记，题目即《革命时代的士大夫：汪曾祺闲录》。

关于这个名号，实在值得一辨。“士大夫”乃是中国传统社会的概念。中国的士大夫实际上更多指的是有一定的地位或者做官的文人，他们饱读儒家圣书，在社会上有一定的影响力；他们的读书目标是“学而优则仕”，终极目标是“修身、齐家、治国、平天下”，所以唯有那些心怀苍生社稷、有家国天下情怀的人才担得起“士大夫”这个称号。我们所熟知的屈原、杜甫、白居易、王安石、苏轼等等都可以说是士大夫。近代以来，这个阶层似乎已然不存在了。

所以，比之古代类似的人物，汪曾祺似乎不太像士大夫。汪曾祺读书了，但肄业后大半生既无地位更无官职，更无等身之学术著作，因而也谈不上有多大的名望和影响力。当然，从思想上来看，他自己说过受到了庄子的影响，但也更多受到儒家影响；他最喜欢曾皙所描绘的“暮春者，春服既成，冠者五六人，童子六七人，浴乎沂，风乎舞雩，咏而归”这种很美的生活态度，这似乎与家国天下也无甚关系。

但汪曾祺有什么？一个传统的家庭，自小从祖父和父亲那里受到了良好的传统文学文化的熏陶；一身才华，

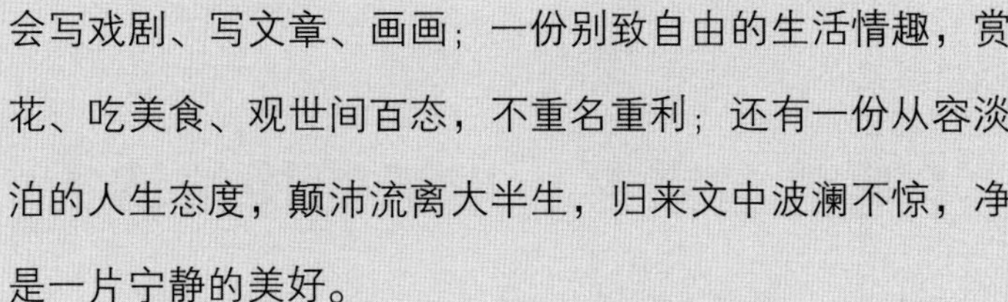

会写戏剧、写文章、画画；一份别致自由的生活情趣，赏花、吃美食、观世间百态，不重名重利；还有一份从容淡泊的人生态度，颠沛流离大半生，归来文中波澜不惊，净是一片宁静的美好。

从这些特点来看，汪曾祺似乎是庄子一脉的，又似乎与阮籍、嵇康、徐渭、袁枚、李渔这类人物有点像，最大的共性是活得很自在，又活得很真实，甚至在庸常或者困顿的日子里都能活出生命的诗意来。因为遭逢战乱及革命年代，他在名士气中增添了诸多平民气，使他藏在烟火中、藏在市井中，活成了别样的“名士”。

汪曾祺去世的时候是1997年。随着新时代的发展，像汪曾祺这样古风犹存的老一辈人也所剩无几了，所以他的离去被誉为“最后一位士大夫”的离去。

这位平民中的名士是生活的抒情诗人，亦是一个真正的自由主义和人道主义者，这种精神在其笔下的人物身上或许能见诸些许。

# 《鸡鸭名家》：生活的抒情诗人

鸡鸭中的名家究竟是什么样的？作者开篇并没有直接介绍这两位独特的名家，而是从父亲的洗刮鸭掌开始，那种精细和巧妙的手法似乎不是在做食物，而是在刻一枚典雅精巧的印章一般。生活的艺术气息从这里就开始萌生了。

【经典品读】

**汪曾祺《鸡鸭名家》中关于父亲精心洗刮鸭掌的描写**

父亲在洗刮鸭掌。每个郏蹼都掰开来仔细看过，是不是还有一丝泥垢、一片没有去尽的皮，就像在作一件精巧的手工似的。两副鸭掌白白净净，妥妥停停，排成一排。四只鸭翅，也白白净净，排成一排。很漂亮，很可爱。甚至那两个鸭肫，父亲也把它处理得极美。他用那把我小时就非常熟悉的角柄小刀从栗紫色当中闪着钢蓝色的一个微微凹处轻轻一划，一翻，里面的蕊黄色的东西就翻出来了。洗涮了几次，往鸭掌、鸭翅之间一放，样子很名贵，像一种珍奇的果品似的。

汪曾祺带着这种诗人般的情怀来描摹生活中的普通劳动者，使得他们的生活和技艺褪去了生活的繁杂和平庸，将简单的劳作变成了一种独特的匠心，比如小说的主人公——余老五和陆长庚。

余老五是余大炕房孵小鸡小鸭的炕房师傅。这似乎是高邮水乡一带的特色：到了时候，家家户户都要孵鸡鸭。孵之前要挑蛋和照蛋，照蛋要照三四次，照出“坏蛋”，留下“好蛋”，静静等待孵出，这时候就是“下炕”。炕房一年就做这一次生意，而老百姓还指望着这一窝蛋维持生计呢。“下炕”是个复杂而惊险的事，好像江南地区的养蚕中的吐丝阶段一样，成与不成就在此一举了。每年炕房都要把大缸糊上泥草，加温烘孵鸡蛋，而民间三牲五事、大香大烛，燃放鞭炮，磕头敬拜祖师菩萨。余老五所在的余大炕房生意最好，因为有个余老五。他是这一行的“状元”，他孵出的小鸡个儿最大，绒毛出得十足，谁见谁爱，谁都爱买。所以，他成了余老大的宝贝。不下炕的时候，他总是端着一把紫砂茶壶，喝着小酒，悠闲度日。

这个普通人的秘诀在哪里呢？——火候。火候这种东西很玄乎，每个人的火候都不一样，所以全凭经验。他的这份经验足以媲美一个高超画家对用墨用彩的拿捏、一个书法家下笔的轻重，让他因此而神采奕奕、非同凡响。

【经典品读】

**汪曾祺《鸡鸭名家》中关于余老五炕小鸡的精彩描写**

怎么能大一圈呢？他让小鸡的绒毛都出足了。鸡蛋下了炕，几十个时辰。可以出炕了，别的师傅都不敢等到最后的限度，生怕火功水气错一点，一炕蛋整个的废了，还是稳一点。想等，没那个胆量。余老五总要多等一个半个时辰。这一个半个时辰是最吃紧的时候，半个多月的功夫就要在这一会见分晓。余老五也疲倦到了极点，然而他比平常更警醒，更敏锐。他完全变了一个人。眼睛塌陷了，连颜色都变了，眼睛的光彩近乎疯狂。脾气也大了，动不动就恼怒，简直碰他不得，专断极了，顽固极了。很奇怪，他这时倒不走近火炕一步，只是半倚半靠在小床上抽烟，一句话也不说。木床、棉絮，一切都准备好了。小徒弟不放心，轻轻来问一句："起了吧？"摇摇头。——"起了罢？"还是摇摇头，只管抽他的烟。这一会正是小鸡放绒毛的时候。这是神圣的一刻。忽而作然而起：

“起！”徒弟们赶紧一窝蜂似的取出来，简直是才放上床，小鸡就啾啾啾啾纷纷出来了。

这段精彩的描写与开篇那一幕洗刮鸭掌有着异曲同工之妙，但叫人看得惊心动魄，似乎如阿城笔下的王一生在棋盘前般的镇定自若，叫人叹服。余老五胜在大胆，而这份大胆又源自那份建立在多年经验基础上的自信，只有他知道那千钧一发在什么时候。汪曾祺在这个普通人身上赋予的是一份匠心——一份将自己的本事发挥到极致的匠心，又似乎像极了庄子笔下的庖丁挥刀解牛时的那种气定神闲。在生活之中，这种匠心和气定神闲让人感到别样的诗意。

陆长庚是个放鸭子的，他的唤鸭也充满了神奇的色彩。他极其聪慧，仿佛懂鸭语，是这一带放鸭的第一把手。他自己简直就是一只老鸭。“我”父亲的佣户倪二赶着鸭子去卖，在途中却不小心将鸭子失散在了白莲湖中。鸭子失散后，倪二手足无措，于是花了10元代价请陆长庚来。陆长庚发出了各种啧啧咕咕的声音，便不费吹灰之力将鸭子从四面八方的苇丛中呼唤到了岸边，还在342只鸭子中招来了一只外来的老鸭，竟然还能丝毫不差地说出它的年岁和斤两，简直是天赋异禀。

【经典品读】

**汪曾祺《鸡鸭名家》中关于陆长庚赶鸭子的精彩描写**

这十块钱赚得太不费力了！拈起那根篙子（还是那根篙，他拈在手里就是样儿），把船撑到湖心，人仆在船上，把篙子平着，在水上扑打了一气，嘴里啧啧啧咕咕咕不知道叫点什么，赫！——都来了！鸭子四面八方，从芦苇缝里，好像来争抢什么东西似的，拼命地拍着翅膀，挺着脖子，一起奔向他那里小船的四围来。本来平静辽阔的湖面，骤然热闹起来，一湖都是鸭子。不知道为什么，高兴极了，喜欢极了，放开喉咙大叫："呱呱呱呱呱……"不停地把头没进水里，爪子伸出水面乱划，翻来翻去，像一个一个小疯子。岸上人看到这情形都忍不住大笑起来。倪二也抹着鼻涕笑了。看看差不多到齐了，篙子一抬，嘴里曼声唱着，鸭子马上又安静了，文文雅雅，摆摆摇摇，向岸边游来，舒闲整齐有致。兵法：用兵第一贵"和"。这个"和"字用来形容这些鸭子，真是再恰当不过了。他唱的不知是什么，仿佛鸭子都爱听，听得很入神，真怪！

陆长庚似乎具有与动物沟通的绝技，这项绝技实际上来自他常年与鸭子打交道的经验。他熟悉鸭子的习性，自然知道它们爱听什么样的声音。他曾经养过鸭子，只是因为运气不佳，生了鸭瘟，鸭子都死绝了，于是他发誓不再养鸭，所以他只是在悲剧命运下隐藏着这门独门绝技而已。

余老五和陆长庚俩人不仅技艺高超，在为人处事上亦有自己的特点。很多炕房出高价来挖余老五，都被他拒绝了，只因为余老大说过连坟地都给他看好了。一句话透露着忠贞不贰的生死契约，没有利益，就是一份情义。而陆长庚拿到赶鸭的10元钱，立即就输得光光的；这个有着独门秘籍的人似乎对生活毫无打算，自由随性，颇有些闲云野鹤般的名士风度，但亦是对悲剧命运的一种抵抗。

【经典品读】

**汪曾祺《鸡鸭名家》中对陆长庚的人生态度的描写**

什么事都轻描淡写，毫不装腔作势。说话自然也流露出得意，可是得意中又还有一种对于自己的嘲讽。这是一点本事。可是人最好没有这点本事。他正因为有这些本事，才种种不如别人。

在汪曾祺的笔下，两个民间普通劳动者都将自己的技艺发挥到了令人惊叹的地步，他们对自己的本领充满了自信，将这日常的劳作变成了一种艺术的展现，个中则是劳动人民聪明才智的展现，是人与自然的相融，在这相融中自然而然流露出了生活的诗意。

# 《岁寒三友》：人道主义的悲悯情怀

岁寒三友本是三种有中国传统象征意义的植物：象征常青不老的松、象征君子之道的竹、象征冰清玉洁的梅。松、竹、梅经冬不衰，傲立霜雪中依然焕发生机，因此有“岁寒三友”之称。古代文人钟爱这种品质和精神，常常以“岁寒三友”来赞颂那些有着高洁、傲岸精神品格的人。

在《岁寒三友》里，作者则从另外一个角度揭示了普通人中的人道主义精神，因为这篇小说里既没有植物，主要人物似乎也与那种象征的人有点差别。文中三个主要人物分别是：王瘦吾、陶虎臣、靳彝甫。他们的出场稀松平常，是市井里最常见的那种和气、善良又热心的普通百姓，最大的特点是有义，捐款的时候会提笔写下“一个谁看了也会点头的数目”。

【经典品读】

**汪曾祺《岁寒三友》中对三位主人公的介绍**

王瘦吾原先开绒线店，陶虎臣开炮仗店，靳彝甫是个画画的。他们是从小一块长大的。这是三个说上不上，说下不下的人。既不是缙绅先生，也不是引车卖浆者流。他们的日子时好时坏。好的时候桌上有两个菜，一荤一素，还能烫二两酒；坏的时候，喝粥，甚至断炊。三个人的名声倒都是好的。他们都没有做过伤天害理的事，对人从不尖酸刻薄，对地方的公益，从不袖手旁观。某处的桥坍了，要修一修；哪里发现一名“路倒”，要掩埋起来；闹时疫的时候，在码头路口设一口瓷缸，内装药茶，施给来往行人；一场大火之后，请道士打醮禳灾……遇有这一类的事，需要捐款，首事者把捐簿伸到他们的面前时，他们都会提笔写下一个谁看了也会点头的数目。因此，他们走在街上，一街的熟人都跟他们很客气地点头打招呼。

三个人命运却不尽相同。

王瘦吾读过书，会作诗，穿长衫，但因为家境中落，所以不再作诗，专心经营家里的绒线店。这店太小，几乎不能承担一家人的用度，他连儿子下雨天的胶鞋也买不起，而女儿运动会的白球鞋也是妻子连夜赶做的。于是，他想尽一切方法赚钱，在摸索中终于开了一家绳厂，还添了新的机器、添了伙计，他也能拎着鱼或肉回家了。绳厂生意做得不错，王瘦吾又开始做草帽厂，做得大火，红红火火一发不可收拾。

陶虎臣的炮仗店也不错，他会做一些很特别的花炮，比如“遍地桃花”和“酒梅”，这两种极具诗意的花炮放出来像两首诗，虽然他自己不写诗。

【经典品读】

**汪曾祺《岁寒三友》中**
**关于陶虎臣制作的充满诗意的烟花的描写**

他家的货色齐全。除了一般的鞭炮，还出一种别家不做的鞭，叫做“遍地桃花”。不但外皮，连里面的筒子都一色是梅红纸卷的。放了之后，地下一片红，真像是一地的桃花瓣子。如果是过年，下过雪，花瓣落在雪地上，红是红，白是白，好看极了。

…………

……他还会做一种很特别的花，叫做“酒梅”。一棵弯曲横斜的枯树，埋在一个磁盆里，上面串结了许多各色的小花炮，点着之后，满树喷花。火花射尽，树枝上还留下一朵一朵梅花，蓝荧荧的，静悄悄地开着，经久不熄。这是棉花浸了高粱酒做的。

这种诗一样的花炮是很贵的，一般需要订做。但是，在年成不好的时候，炮仗店也一天比一天衰落了。和王瘦吾一样，突然有一天，陶虎臣也走运了——他遇上了好年成。四城齐放焰火——那是陶虎臣最拿手的，这一年他都忙不过来了。他成了最风光的那个人，在城市的天空尽情地书写着他的“诗”。这场盛况，谁看了都难以忘怀。

【经典品读】

**汪曾祺《岁寒三友》中关于陶虎臣放焰火的精彩描写**

忽然，上万双眼睛一齐朝着一个方向看。人们的眼睛一会儿睁大，一会儿眯细；人们的嘴一会儿张开，一会儿又合上；一阵阵叫喊，一阵阵欢笑；一阵阵掌声。——陶虎臣点着焰火了！

这种花盆子是有一点简单的故事情节的。最热闹的是“炮打泗州城”。起先是梅、兰、竹、菊四种花，接着是万花齐放。万花齐放之后，有一个间歇，木架子下面黑黑的，有人以为这一套已经放完了。不料一声炮响，花盆子又落下一层，照眼的灯球之中有一座四方的城，眼睛好的还能看见城门上“泗州”两个字（不知道为什么是泗州而不是别的城）。城外向里打炮，城里向外打，灯球飞舞，砰磅有声。最有趣的是“芦蜂追癞子”，这是一个喜剧性的焰火。一阵火花之后，出现一个人，——一个泥头的纸人，这人是个癞痢头，手里拿着一把破芭蕉扇。霎时间飞来了许多马蜂，这些马蜂——火花，纷纷扑向癞痢头，癞痢头四面躲闪，手里的芭蕉扇不停地挥舞起来。看到这里，满场大笑。这些辛苦得近于麻木的人，是难得这样开怀一笑的呀。最后一套是平平常常的，只是一阵火花之后，扑鲁扑鲁吊下四个大字：“天下太平”。

焰火放完了，人们还舍不得走，沉浸在这绝美的世界里难以出来。在汪曾祺的笔下，陶虎臣放焰火的手似乎已经变了——他在创作，诗情画意从中流泻出来，梅兰竹菊的烟花似乎暗示着这个普通人具有的高洁而又独特的性格，这些古典元素的运用使得这个人变得不普通了。

三人中的靳彝甫最雅，是画画的，但他既不是画家又不是画匠，只是个业余画画的，等人上门求画才画一幅。他们家三代画画，可以说是世家了。他喜欢画青绿山水和工笔人物而不是类似家族画的写真画。他不以此为业，“虽然是半饥半饱，他可是活得有滋有味”[①]，生活情趣十足，闲时种花草、玩虫鱼，养水仙，种竹，养荷，养蟋蟀，喝喝酒，吃吃肉，好不惬意，十足一个市井闲云野鹤。他有三块田黄石章，倍加珍爱。有一天，这个人也交了好运，被收藏家季匋民赏识了：先是要以重金换他田黄，被他拒绝后，又邀请他去上海开画展。他去上海开画展，轰动一时。功成名就以后，这个风光一时的人突然又“云游四方”去了。

但命运再次跟他们开了玩笑。王瘦吾的草帽厂遭人排挤，很快落败，厂垮了，人也垮了。陶虎臣自那日风光后，遇上了土匪盛行的年月，国民政府禁止放鞭炮，他再也没有放鞭炮的机会了。三年没开张的他，最后把自己女儿给卖了换钱，穷困潦倒至极。

正逢岁暮天寒的时候，陶虎臣准备上吊自杀，被人救下了；王瘦吾对着空屋发呆。靳彝甫回来了，把用田黄换来的钱赠给了两位老友。

---

① 汪曾祺．岁寒三友//汪曾祺全集（一）：小说卷．北京：北京师范大学出版社，1998：344.

【经典品读】

### 汪曾祺《岁寒三友》中关于三位老友重聚的描写

第三天，靳彝甫约王瘦吾、陶虎臣到如意楼喝酒。他从内衣口袋里掏出两封洋钱，外面裹着红纸。一看就知道，一封是一百。他在两位老友面前，各放了一封。

“先用着。”

“这钱——？”

靳彝甫笑了笑。

那两个都明白了：彝甫把三块田黄给季匋民送去了。靳彝甫端起酒杯说：“咱们今天醉一次。”

那两个同意。

“好，醉一次！”

这天是腊月三十。这样的时候，是不会有人上酒馆喝酒的。如意楼空荡荡的，就只有这三个人。

外面，正下着大雪。

三个人物看似普通，但暗藏着传统文人的品格。王瘦吾因为生活所迫放弃了写诗的追求；陶虎臣兼有诗人、画家的特点，他的焰火既像诗一样美又像作画一般精巧；靳彝甫则完全是个淡泊名利、游离于主流画派外的潇洒名士。所以，他们虽不是传统意义上的“岁寒三友”，但岁暮的天寒仿佛难测的命运一般将他们重新聚在一起。《论语》云：“岁寒，然后知松柏之后凋也。”岁寒面前，这份未凋零的不是傲岸的品格，而是那份仁义——一份温暖的人道主义。这种人道主义也是汪曾祺一再推崇的。人世的悲剧难以避免，汪曾祺给予小说中的悲剧人物以悲悯，以人道主义的精神让苦难中的人得以解脱。

# 《名士与狐仙》：自由主义的人生追求

《名士与狐仙》的故事很简单，却饶有趣味。主人公杨渔隐是县里数一数二的高门望族之后，其上辈曾一门三进士。如他的名字一样，他家住在偏僻的地方，或是为了清静，远离了尘俗官衙闹市。他最大的特点是“怪”，怪在不与人交往，几不出门；出门见人也不理人，实际因为他谁也不认识；最怪的是他娶了服侍他的丫鬟“小莲子”。小莲子极聪明，在老杨的教学之下，很快能作诗写字，令人称奇。古代文人娶小妾的也不少，但像他那般娶的不多。

【经典品读】

**汪曾祺《名士与狐仙》中**
**关于杨渔隐不顾非议娶丫鬟为妻的描写**

杨渔隐经过长期考虑，跟小莲子提出，要娶她。“你跟我那么久，我已经离不开你；外人也难免有些闲话。我比你大不少岁，有点委屈了你。你考虑考虑。”小莲子想起杨夫人临终的嘱咐，就低了头说：“我愿意。”

把房屋裱糊了一下，请诗友写几首催妆诗，贴在门后，就算办了事。杨渔隐请诗友们不要把诗写得太“艳”，说：“我这不是扶正，更不是纳宠，是明媒正娶地续弦，小莲子的品格很高，不可亵玩。”

娶了小莲子，杨渔隐也时常搀着小莲子的手，到处游玩，或去西湖泛舟，有人把他比作《儒林外史》里的杜少卿。天朗气清，阳光惬意，手挽手的两个人泛舟湖上，多么和谐的一幕呢！但是，邻居们却愤愤不平起来，他们认为杨渔隐娶个丫鬟可以，纳个小妾可以，怎么能明媒正娶呢？身份门第观念让世人无法接受这荒唐的一幕，但杨渔隐依旧我行我素。他一生喜欢清静，被人敬仰时无动于衷，被人误解、被人批判时亦无动于衷，依旧与小莲子恩爱有加。汪曾祺一生又何尝不是如此呢？有落魄，有坎坷，晚年亦有风光，但他淡泊的风格没有改变。在这个理想化的杨渔隐身上，汪曾祺或多或少投射了自己的影子。但杨渔隐这个人物更理想一些，在周遭的非议中能够自由自在，毫不顾忌，这大概是汪曾祺的理想吧。只可惜汪曾祺经历了漫长的特殊时期，青年时在自由的西南联大做足了自己，中年却难免战战兢兢，如履薄冰，或许是个人的不幸，但亦是一种幸运，这段压抑或多或少亦成就了六十岁的晚翠。1979年，汪曾祺才被平反，他跟经办专案的同志道谢，他们很奇怪是什么样的力量让他支撑过来的。汪曾祺只说了四个字："随遇而安。"①

但这个故事并没有完，杨渔隐忽然得了急病去世了，小莲子虽然万分痛苦，但处事不乱，一件一件处理好丈夫的后事，整理好丈夫的遗物。突然有一天，她就不见了。老花匠也不见了。人们在狐疑中议论纷纷，有人说小莲子是狐仙。

【经典品读】

**汪曾祺《名士与狐仙》中关于人们议论小莲子的描写**

座客当中有一个喜欢白话的张汉轩，此人走南闯北，无所不知，是个万事通。他把小莲子写的泥金折扇靠在手里翻来覆去地看，一边摇头晃脑，说："好诗！好字！"大家问他："张老，你对杨家的事是怎么看的？"张汉轩

---

① 汪曾祺．随遇而安//汪曾祺自述．郑州：大象出版社，2002：155.

慢条斯理地说："他们不是人。""不是人？"——"小莲子不是人。小莲子学做诗，学写字，时间都不长，怎么能得如此境界？诗有点女郎诗的味道，她读过不少秦少游的诗，本也无足怪。字，是至玉版十三行，我们县能写这种字体的小楷的，没人！老花匠也不是人。他种的花别人种不出来。牡丹都起楼子，荷花是'大红十八瓣'，还都勾金边，谁见过？"

"他们都不是人，那，是什么？"

"是狐仙。——谁也不知道他们是从哪里来的，又向何处去了。飘然而来，飘然而去，不是狐仙是什么？"

说他们是狐仙的原因是因为他们太好了，好到世间少有，作诗写字太妙，种花种得太好。普通人做不到的，寻常世界也见不到的，自然是仙界来的。他们有神异的力量，"飘然而来，飘然而去"，潇洒自如，是常人永难企及的境界。小莲子超越了一般对于女子的认识，诸如无才、软弱，她坚强，有才华，忠贞不贰，虽为丫鬟却又有着仙人一般的境界，这种可贵的品格使她成为了隐士身边最好的伴侣。汪曾祺在小说中营造的这种超然的境界，亦是他自己的理想境界，与蒲松龄的才子狐仙的故事有相似的意趣，但更多的是对那种超凡脱俗的人格品质的赞颂，借由这样的一个故事描绘了他心中的理想名士形象。

【我来品说】

1. 余老五和陆长庚俩人身上有着中国传统手艺人的一种什么精神?

2. 王瘦吾、陶虎臣、靳彝甫三位老友跟“岁寒三友”有什么关系?

3. 小莲子到底是不是狐仙?

# 第七章 西南联大：数风流名士

导读

回忆起西南联大，汪曾祺不无深情地说：“我要不是读了西南联大，也许不会成为一个作家。至少不会成为一个像现在这样的作家。我也许会成为一个画家。如果考不取联大，我准备考当时也在昆明的国立艺专。”[1]西南联大成就了一代人才，也有幸成就了一个作家汪曾祺。阅读本章，跟随汪曾祺的笔触感受战乱时期的教育奇迹。

① 汪曾祺．西南联大中文系//人间草木．杭州：浙江文艺出版社，2018：193.

上世纪30年代，中国遭逢战乱流离。为了躲避战乱，为学子提供安定的学习环境，1937年11月，北方几所著名大学包括北京大学、清华大学、南开大学举校搬迁，辗转到长沙，在长沙组建临时大学。但长沙战况也不容乐观，于是，临时大学1938年又举校分三路，辗转多时到了昆明，这就是后来闻名于世的国立西南联合大学。该校前后加起来存在八年零十一个月。就是这所学校，在风雨飘摇中克服种种困难，在西南一隅创造了教育的奇迹，培养了一大批灿若星河的各界优秀人才。

后来，许多亲历这段历史的人，都通过各种形式怀念那段艰苦卓绝、感人至深的岁月，汪曾祺就是其中的一个。这段岁月于他而言有着几乎是改变命运般的作用，或者可以说，曾经在西南联大上学的多数人都因这所大学改变了一生的走向。在众多亲历者中，恰好汪曾祺是书写联大最多的一位，他用淡然质朴的文字回忆昔日的趣事、趣人，为我们描摹了一幅联大名士图，让今天的读者有幸一睹当年的联大风采。西南联大亦是阅读汪曾祺的一把钥匙，因为他从这里开始走上文学的道路，这里埋藏着他创作因缘的诸多秘密。

# 星斗其文，赤子其人
## ——沈从文与汪曾祺

如果说西南联大改变了汪曾祺的一生，那么沈从文就是那个最关键的人物。汪曾祺之所以要进西南联大，亦是缘起于沈从文。汪曾祺上高二的时候，正值日本占领江南，他随家人在乡下避难，手边带了考大学的教科书，另外就是一本《沈从文小说选》、一本屠格涅夫的《猎人日记》。他自己曾说：

> 说得夸张一点，可以说这两本书定了我的终身。这使我对文学形成比较稳定的兴趣，并且对我的风格产生深远的影响。我父亲也看了沈从文的小说，说："小说也是可以这样写的？"……不能说我在投考志愿书上填了西南联大中国文学系是冲着沈从文去的，我当时有点恍恍惚惚，缺乏任何强烈的意志。但是"沈从文"是对我很有吸引力

的，我在填表前是想到过的。[①]

沈从文不仅引领汪曾祺走进了西南联大，在日后亦给予了他至关重要的影响。汪曾祺亦没有辜负恩师的厚望，继承了老师的风格，并终成大家。二人也因为西南联大而成就了一段佳话。汪曾祺自然十分感念他的老师，写下了多篇与沈从文有关的文章，诸如《与友人谈沈从文》《沈从文和他的〈边城〉》《我的老师沈从文》《沈从文的寂寞——浅谈他的散文》《沈从文先生在西南联大》《一个爱国的作家》《星斗其文，赤子其人》《中学生文学精读〈沈从文〉》《沈从文专业之谜》等。从这些文章中，我们认识了一个别样的沈从文，亦读出了一段感人至深的师生情，还能发现汪曾祺在创作上受到沈从文的诸多影响。汪曾祺说自己是因为西南联大才走上文学之路的，最主要还是因为西南联大有个沈从文。

沈先生在联大开了三门课，三门课汪曾祺都选了，足见其热情之高。一门是各体文习作，一门是创作实习，还有就是中国小说史。教创作课，不是谁都能教好学生的，而汪曾祺认为沈从文是可以的。

沈从文的课叫“习作课”，主要是让学生写，在写的时

---

① 汪曾祺．自报家门//汪曾祺自述．郑州：大象出版社，2002：6.

候很自由。他不赞成命题作文，即使极少时候有命题作文，他给的题目也相当有趣，比如《记一间屋子的空气》。至于为什么出这些题目，他认为，“先得学会车零件，然后才能学组装”[①]。这些方法为学生打牢了基本功，汪曾祺是大受裨益的。而在讲课上，汪曾祺毫不客气地指出沈老师的课“毫无系统”[②]。沈老师总是凭着直觉讲话，态度又很谦逊，并且带着浓厚的湘西口音，导致很多同学不知所云。这也难怪，沈从文本就是草野出身，并没有受过系统的科班训练，但因为有经验、有天赋，所以他的讲课风格大概是属于印象派吧。汪曾祺则认为，如果听懂了，将会终身受用。

【经典品读】

**汪曾祺《自报家门》中关于小说创作的表述**

在小说里，人物是主要的，主导的，其余的都是次要的，派生的。作者的心要和人物贴近，富同情，共哀乐。什么时候作者的笔贴不住人物，就会虚假。写景，是制造人物生活的环境。写景处即是写人，景和人不能游离。常见有的小说写景极美，但只是作者眼中之景，与人物无

①② 汪曾祺．沈从文先生在西南联大//人间草木．杭州：浙江文艺出版社，2018：213.

> 关。这样有时甚至会使人物疏远。即作者的叙述语言也须和人物相协调，不能用知识分子的语言去写农民。我相信我的理解是对的。这也许不是写小说唯一的原则（有的小说可以不着重写人，也可以有的小说只是作者在那里发议论），但是是重要的原则。至少在现实主义的小说里，这是重要原则。

在创作观念上，沈从文秉持淳朴的现实主义精神，他认为小说要"贴着人物写"，这句话被汪曾祺一生奉为圭臬。曾经有一次，汪曾祺竭力要将人物对话写得美一些，但是沈从文很风趣地评价为："你这不是对话，是两个聪明脑壳打架！"[①]汪曾祺对此深有体会，他开始理解：在一篇小说中，人物是最主要的，而人物对话一定要符合人物身份，要尽量朴素、真实。

应当说，这些宝贵的创作经验给了初入大学的汪曾祺极大的启发。他在后来的创作中实践了这一根本原则，他的小说语言淡白无奇，但极贴合人物的身份，比如小英子的活泼和小明子的木讷，语言的多与少、语气的和与缓拿捏都恰到好处。

① 汪曾祺．沈从文先生在西南联大∥人间草木．杭州：浙江文艺出版社，2018：214.

【经典品读】

**汪曾祺《受戒》中关于小明子和小英子截然不同的性格的对话表现**

“是你要到荸荠庵当和尚吗？”

明子点点头。

“当和尚要烧戒疤呕！你不怕？”

明子不知道怎么回答，就含含糊糊地摇了摇头。

“你叫什么？”

“明海。”

“在家的时候？”

“叫明子。”

“明子！我叫小英子！我们是邻居。我家挨着荸荠庵。——给你！”

另外一点让汪曾祺牢记的话是“千万不要冷嘲”，这句话既教给了汪曾祺诚恳的创作态度及风格，更是一种诚恳和平实的人生态度。汪曾祺自己因为对现实的不满以及受到西方现代派的影响，起初在作品中流露出玩世不恭和嘲讽的姿态。沈从文读出了这一点，从昆明到上海都提及这一问题。汪曾祺在《谈小说创造》中谈到了沈从文对自己的影响。

【经典品读】

**汪曾祺在《谈小说创造》中**
**谈关于沈从文“千万不要冷嘲”对他的影响**

他要求的是对于生活的“执着”，要对生活充满热情，即使在严酷的现实的面前，也不能觉得“世事一无可取，也一无可为”。一个人，总应该用自己的工作，使这个世界更美好一些，给这个世界增加一点好东西。在任何逆境之中也不能丧失对于生活带有抒情意味的情趣，不能丧失对于生活的爱。沈先生在下放咸宁干校时，还写信给黄永玉，说“这里的荷花真好！”沈先生八十岁了，还每天工作十几个小时，完成《中国服饰研究》这样的巨著，就是靠这点对于生活的执着和热情支持着的。沈先生的这句话对我的影响很深。

“千万不要冷嘲”这句话里包含的是沈从文自己的人生态度。在他的课上，他常常跟学生谈天，谈玉龙雪山的杜鹃花有多大、徐志摩对烟台苹果的赞叹、林徽因发着高烧还要跟人谈天、金岳霖搜罗水果与孩子们比大小……汪曾祺总结这些人身上有两个特点：一是对学问痴迷；二是对生活充满兴趣，为人无心机，绝少世俗顾虑。“这些人的气质也正是沈先生的

汪曾祺与沈从文

气质。”①

影响一个作家的不仅有创作理论，人生态度亦深刻地影响其作品风貌。沈从文的两句话，把汪曾祺领上了文学创造的大路。汪曾祺没有走歪，一生奉行“贴着人物写”，塑造了许多经典的人物形象；亦获得了度过人生艰难岁月的法宝，每每绝望之时总能想到老师的坚韧以及执着的热情，这种力量支持他始终以不废的热情对待生活。这种态度反过来浸润在他的作品中，于是他平和淡然的风格由此产生。

沈从文在教习作之余喜欢推荐与学生风格相近的中外名家的作品，这给了学生学习借鉴的范本，又扩大了学生的阅

① 汪曾祺．沈从文先生在西南联大//人间草木．杭州：浙江文艺出版社，2018：219.

读量。在读书方面，沈从文读书多而且杂；汪曾祺紧随老师步伐，读书驳杂，到了晚年更体现出“杂家”的一面。

除了受益于作为老师的沈从文，作为作家的沈从文更给予了汪曾祺莫大的影响，最显著的就是创作风格。就《边城》与《受戒》两篇小说而言，就能明显读出其中的师承关系，语言的平淡诗意、情节的淡化、对健康人性的讴歌都显现出明显的同质性，这在本书第三章有论，在此不再赘述。

正是因为在风格上的相近，汪曾祺自己也一再地探析和追认自己与沈从文之间的承继关系，文学研究界也将其归类到沈从文所在的“京派”。汪曾祺谈及西南联大的中文系的《大一国文》，就如此说道：“这一本《大一国文》可以说是一本‘京派国文’。严家炎先生编中国流派文学史，把我算作最后一个‘京派’，这大概跟我读过联大有关，甚至是和这本《大一国文》有点关系。”[①]严家炎在《中国现代文学流派史》中评论汪曾祺的作品“洋溢着一种暖意，一种美的力量”，“无论是《羊舍一夕》中的四个孩子，或者是《大淖记事》中巧云和十一子之间坚贞的爱情，都是在一定程度上沐浴着新的思想阳光的新的形象。这也许可以看作京派在社会主义条件下的一种发展”。这些评论不仅将汪曾祺归入文学史上已经被认同的“京

① 汪曾祺．西南联大中文系//人间草木．杭州：浙江文艺出版社，2018：190.

派”，更认为其作品是“京派”在新时期发展的新方向。这种归派的做法就已然确认了汪曾祺在文学史上的位置。

自联大相识一场，沈从文与汪曾祺一生都未断过联系。在人生的数次紧要关头，沈从文都及时向他的爱徒伸出了援手。可以说，沈从文亦是汪曾祺的人生导师。在昆明的时候，沈从文爱徒心切，汪曾祺时常受到老师的帮助。

【经典品读】

**汪曾祺《自报家门》中关于沈从文对他关爱的描写**

沈先生每次进城（为了躲日本飞机空袭，他住在昆明附近呈贡的乡下，有课时才进城住两三天），我都去看他。还书、借书，听他和客人谈天。他上街，我陪他同去，逛寄卖行、旧货摊，买耿马漆盒，买火腿月饼。饿了，就到他的宿舍对面的小铺吃一碗加一个鸡蛋的米线。有一次我喝得烂醉，坐在路边，他以为是一个生病的难民，一看，是我！他和几个同学把我架到宿舍里，灌了好些酽茶，我才清醒过来。有一次我去看他，牙疼，腮帮子肿得老高，他不说一句话，出去给我买了几个大橘子。

后来，因为没有修满学分，汪曾祺肄业联大，在昆明郊区苦闷教书度日。这时候，他写了《小学校的钟声》和《复仇》两篇文章，沈从文给推荐到了上海的《文艺复兴》，郑振铎先生打开原稿，发现上面已经被蠹虫蛀了好些小洞。1946年，汪曾祺离开昆明到了上海，四处碰壁，找不到工作，一度竟然想自杀。沈从文写信将汪曾祺大骂了一顿，说："为了一时的困难，就这样哭哭啼啼的，甚至想到要自杀，真是没出息！你手中有一支笔，怕什么！"[①]沈又写信四处找朋友帮助汪曾祺找工作，李健吾推荐汪曾祺到一所私立致远中学任教。通过李健吾，汪曾祺有幸与巴金、黄永玉等人相熟。

1958年，汪曾祺在文联系统整风复查中被划为"右派"，随后被下放到张家口农业科学研究所接受劳动改造。这一时期，他与沈从文也一直保持着联系。汪曾祺在信中向老师表达了生活中的苦闷，沈从文拖着病体给他回复了长达12页、近6 000字的回信。在信中，沈从文给了汪曾祺语重心长的劝慰和鼓励，给了汪曾祺莫大的鼓舞。

1988年5月10日，沈从文先生逝世。汪曾祺悲痛万分，但从老师传承来的克制的文风依然未变："不放哀乐，放沈先生生前喜爱的音乐，如贝多芬的'悲怆'奏鸣曲等。沈先生面色如生，很安详地躺着。我走近他身边，看着他，久久不能离

① 汪曾祺．星斗其文，赤子其人//人间草木．杭州：浙江文艺出版社，2018：222.

开。这样一个人，就这样地去了。我看他一眼，又看一眼，我哭了。”[①]

从1940年到1988年，四十多年的岁月中，沈从文把自己的平生所学和人生经验都毫无保留地教给了学生，以一颗爱才之心一生呵护这个得意弟子；而弟子亦不负师恩，感恩老师，成就自己。这段亦师亦友的深厚情谊读来实在令人动容。

---

① 汪曾祺．星斗其文，赤子其人//人间草木．杭州：浙江文艺出版社，2018：232.

# 西南一隅，名士风流
## ——联大的教授们

西南联大是抗日战争开始后，几所高校内迁设于昆明的一所综合性大学。邓稼先、朱光亚、杨振宁、李政道等都是西南联大的校友。汪曾祺所在的中国文学系，当时的系主任是轮流担任的，诸如朱自清、罗常培、闻一多等，没有“执政纲领”，可以说是无为而治。

在这样一种环境中，教授可以自由发挥，毫不拘束，每个人都有自己的特点。在讲课上，联大教授更是从来无人干涉，想怎么讲就怎么讲，比如著名的刘文典教授讲庄子，汪曾祺在《西南联大中文系》中描写说，他会东拉西扯，甚至在课上骂人，颇有竹林七贤之味道。那时候，学生能接受，学校亦能接受，所以有些奇异的人才放出了光彩，而放到今天这简直不可想象。

【经典品读】

**汪曾祺《西南联大中文系》中关于刘文典教授的精彩描写**

他讲课是东拉西扯，有时扯到和庄子毫不相干的事。倒是有些骂人的话，留给我的印象颇深。他说有些搞校勘的人，只会说甲本作某，乙本作某，——“到底应该作什么？”骂有些注解家，只会说甲如何说，乙如何说：“你怎么说？”他还批评有些教授，自己拿了一个有注解的本子，发给学生的是白文，“你把注解发给学生！要不，你也拿一本白文！”他的这些意见，我以为是对的。他讲了一学期《文选》，只讲了半篇木玄虚的《海赋》。

再比如讲古文学的唐兰先生，他有一年开了一门“词选”，主要讲《花间集》，讲词的方法是——不讲，只读一遍就过了。实在是有些古代私塾老师的风格。

也有非常认真的教授，比如“西洋通史”课的皮名举先生。汪曾祺有一次在课上交了一张规定绘制的马其顿帝国的地图，皮先生批阅后，留下了两行字：“阁下之地图美术价值甚高，科学价值全无。”[①]虽然没有严厉批评，但在分数要求上

① 汪曾祺．西南联大中文系//人间草木．杭州：浙江文艺出版社，2018：189.

是严苛的。第一学期汪曾祺得了37分，第二学期必须得83分才能及格，所以第二学期汪曾祺靠左抄右抄才蒙混过关。还有朱自清，他教课一丝不苟，教宋诗的时候带着一叠卡片，一张一张地讲，学生要交读书笔记，还要月考期考。而汪曾祺因为总是逃课，所以朱自清很不喜欢他。待汪曾祺毕业时，有人推荐他给朱自清做助教，被朱自清以课都不听为由毫不留情地拒绝了。

也有非常“叫座”的教授——闻一多，他讲楚辞开头必是“痛饮酒熟读《离骚》，方称名士”，古风犹存。他讲晚唐诗，“不蹈袭前人一语”，竟然将晚唐诗和后期印象派的画一起讲，汪曾祺评价他“中国用比较文学的方法讲唐诗的，闻先生当为第一人”[①]。他讲《古代神话与传说》，连工学院的学生都穿过昆明城，远道而来听课，整个昆中北院大的教室里里外外都是人，其盛况可以想见。另有讲杜甫的罗庸，一张纸都不带，随口就讲，不但随手写杜甫诗歌，连仇（仇兆鳌）注都能背出来，可见其功力深厚。

但是，联大的老师们有一点不含糊，那就是爱才。比如罗常培就曾说最喜欢的是刻苦治学和有才的学生，再比如沈从文对学生的爱惜有加。杨振声给学生上“汉魏六朝诗选”课，

---

① 汪曾祺．西南联大中文系//人间草木．杭州：浙江文艺出版社，2018：191.

一个学生就“车轮生四角”的想象写了一篇很短的报告《方车轮》，就因为这篇报告，杨老师给了他免考的特权。

联大的课程也毫不含糊，都是精心设置。比如中文系的《大一国文》，对中国的大学亦有深远影响，至今北大、川大等学校都有《大一国文》的课程，这门课程是各系必修的通识课，旨在培养学生基本的文学鉴赏力，选入的文章视选编的人而异。

【经典品读】

**汪曾祺《西南联大中文系》中**
**关于西南联大《大一国文》的教材选编情况**

文言文部分突出地选了《论语》，其中最突出的是《子路曾皙冉有公西华侍坐》。“暮春者，春服既成，冠者五六人，童子六七人，浴乎沂，风乎舞雩，咏而归”，这种超功利的生活态度，接近庄子思想的率性自然的儒家思想对联大学生有相当深广的潜在影响。还有一篇李清照的《金石录后序》。一般中学生都读过一点李清照的词，不知道她能写这样感情深挚、挥洒自如的散文。这篇散文对联大文风是有影响的。语体文部分，鲁迅的选的是《示众》。选一篇徐志摩的《我所知道的康桥》，是意料中事。选了丁西林的《一只马蜂》，就有点特别。更特别的是选了林徽因的《窗子以外》。这一本《大一国文》可以说是一本“京派国文”。

除了前文提到的“京派”以外，联大教授之间的“派系”不强，一般也不互论长短，该讲的大家也毫不顾忌，自由的学风与随性的人际关系相得益彰，加上处于偏僻的西南、战乱的年代，许多和平年代严苛的规矩、人际关系的尔虞我诈也无暇生长，使得这种氛围在联大愈发浓厚。

教授们对学生大多不很严格，学生大多是自由的。汪曾祺能够看得许多乱七八糟的杂书，正得益于老师们的上课不打卡。他自嘲是个不用功的学生，老不上课，却喜欢半夜在中文系的图书馆里看书（书是随便看的，也不需要填卡片什么的）。在深夜的图书馆里，汪曾祺得以看了许多乱七八糟的好书，而这个看杂书的习惯也从那时开始养成。但半夜起来“干活”的也不止他一个，他就曾在半夜听到过悠扬的鼓乐声。他和同寝室的河南室友几乎没有见过面，因为这个同学黎明就去小树林看书了。

看书是自由的，言论也是如此。在联大新校舍大门东边有一面“民主墙”，有三青团的宣传国民党观点的文章，马上就会有反驳的文章，墙上时常有激烈的论战。有时候，老师们也不免上墙，诸如冯友兰、查良钊、马约翰等，但亦无伤大雅。

昆明那时时常面临空袭威胁，所以随时都可能有空袭警报。警报一响，大家都得跑到郊外去躲起来，所以“躲空袭”成了联大学子必修的课程。有位侯同学总能预先知道有警报，每遇下雨，总会提前搜罗一大堆雨伞，给每个女生送上一把。汪曾祺说他可能是上了吴雨僧的《红楼梦》课，所以有颗贾宝玉的心。还有两位同学，从不跑警报。一位姓罗的女同学一有警报就洗头，因为平时人多水不够。还有一位郑同学一有警报就煮莲子吃。有一回，飞机炸到联大，炸弹就在离他不远的地方爆炸，他却神色不动地搅他的冰糖莲子。这岿然不动的姿态令人惊叹，颇有顾雍之闻子死下棋如常、嵇康之临刑而奏《广陵散》、夏侯太初之遇雷电击身旁之柱而淡然写字之态。魏晋时，名士风流讲究雅量，乃见喜不喜，临危不惧，处变不惊，遇事不改常态才算得真名士。这些联大师生又何尝不是如此，唯有如此淡定如常，才能在艰难的战火岁月寓居西南一隅，依然守住初心，潜心做学问，不懈求真知，最终成就了无数大家。

联大学子的淡定，汪曾祺将其追溯到民族传统文化的根源——“儒道互补”的精神。他认为，我们的民族心理弹性很大，既可刚亦可柔，既能头断血流，又能坚若磐石，不容易被吓怕。“我们这个民族，长期以来，生于忧患，已经很‘皮实’

了，对于任何猝然而来的灾难，都用一种‘儒道互补’的精神对待之。这种‘儒道互补’的真髓，即‘不在乎’。这种‘不在乎’精神，是永远征不服的”[①]。这兴许就是联大的总体精神。

汪曾祺当年在联大就读，必定有一双观察身边的慧眼、一颗细腻的慧心，才得以留心如此种种趣事。多年以后，通过他的记忆和温暖的笔触，我们得以重温珍贵时光，那真是一个名士风流的年代。教授们看似不拘一格，不循常规，但个个博学多才、才华横溢，以独特的方式向学生传授着他们平生所学，又以非凡的人格魅力影响着几代学生；联大看似松散无度，但学生获得了相当大的空间，能够自由生长，他们可以逃课却从不失努力，可以不按要求完成作业，却在自己擅长的领域完成杰作。幸好老师们都容许了，因此一棵一棵小树苗都以千奇百怪的姿态长大了。这里物质条件虽然艰苦，但师生的精神世界很丰富，人与人之间的感情很温暖，他们是真性情，有大格局；“独立思考、自由判断”的精神蔚然成风，于是作家、诗人、科学家、翻译家、教育家相继诞生……教育的奇迹由此发生。

联大的奇迹是在“五四”新文化运动以后产生的。循着

① 汪曾祺．跑警报//人间草木．杭州：浙江文艺出版社，2018：202.

“五四”的“自由、民主、科学”的精神，在“五四”一代人的引领下，在战火的夹缝中，这个奇迹才得以产生。多年以后，很多人都在问：为什么不能再出现一个西南联大？因为历史的每一个点都是特殊的，这个集聚了天时地利人和的点是唯一的，过了就很难再次重现了。但其中许多宝贵经验都值得今天的人们去借鉴和学习。

【我来品说】

1. 从汪曾祺和沈从文师徒身上，你读出了他们什么样的人格品质？

2. 西南联大的教授们都有什么特点？

3. 在战乱纷飞的时代，西南联大的学子们是怎样对待学习的？这给你什么样的启发？

4. 西南联大对于汪曾祺的意义是什么？

# 第八章 今天如何读汪曾祺

导读

十多年前，爸爸刚刚重写小说，还不很知名。一次在家中闲聊，我们问他日后会是什么样的地位。爸爸说，中国历史上文人向有大家和名家之分。他做不成大家，只能做个名家。

林斤澜对爸爸十分了解。爸爸去世后，听我们讲了这档子事后说了一句："曾祺说他是名家不是大家，可他认可的大家有几个？"我们想了想，爸爸还真没说过当代作家谁是大家。

——汪朗、汪明、汪朝：《老头儿汪曾祺：我们眼中的父亲》

自从1980年代走上文坛，正如汪曾祺自己所预估的那样，他一步一步从非主流作家逐渐成为一代名家，甚至也能迈进大家行列。他曾经笑对儿女的调侃："你们可要对我好一点，以后我可是要进文学史的。"[①]看来，当年他对儿女们的话带着几分骄傲，更是一位历经沧桑、阅尽百态的老作家对自己准确的判断。从1980年代至今，汪曾祺的人气一直不减，研究界对他青睐有加，文学史上写上了他的名字，中学教材也频频选入他的文章；民间喜爱汪曾祺的读者，从青年到老年，更是数不胜数，其中有喜爱他文章的，亦有赞赏他为人的。为什么汪曾祺其人其作品能持续火热？个中原因不难从前面七章找到，可能归结起来就是：汪曾祺为人有趣，文章文学价值高，内容既有烟火气又超脱凡俗，因而历久弥新，常读常新。

---

① 陈泽宇．汪曾祺：我活了一辈子，我是一条整鱼——朝内166·文学公益讲座第25讲．中国作家网，2019-03-06.

# 以后我是要进文学史的

汪曾祺带着《受戒》刚进入文坛的时候，学界对之是持观望态度的。但四十年过去了，汪曾祺研究已经成为当代文学研究的一个重镇，文学史上也早已写上了他的名字。四十年来，汪曾祺如何从一名非主流作家成长为文学史上举足轻重的经典大家，这是值得关注的。

《受戒》出现的80年代初，亦是中国文坛自“五四”以来重新活跃的年代，那时候火热的是“寻根文学”“伤痕文学”“反思文学”等，而《受戒》却以四不像的“陌生化”姿态出现了。这篇小说讲的是一个小和尚的恋爱故事，汪曾祺周边的人不理解为什么要写这样一个故事：既没有反映刚过去那个惨痛的十年，亦没有与当下的新时代有任何瓜葛。无论是谁，都在脑子里打了个问号。只有汪曾祺自己很激动地表露了这样的意思：“我要写！我一定要把它写得很美，很健康，很有诗意！”[1]在《北京文学》主编李清泉的大胆主张下，这篇小说发表了。

小说发表后，评论界莫衷一是，有的认为小说的艺术表达过于晦涩朦胧，有的认为小说的语言过于散漫，但难得有年轻作家突然觉得原来小说可以这样写——没有重大主题，只有凡人小事。事实上，早在几十年前，汪曾祺的老师沈从文就已写过这样的小说。因为刚从“文革”的冻土里苏醒过来，一方面大家对这样的小说依旧抱有极大的戒备之心，另一方面，年轻的一代习惯了宏大叙事，对这样的写法产生了新鲜感。虽然在起初的年月，研究界无法给《受戒》全面的评价，但汪曾祺无疑给新时期的文坛带来了新的思考角度——什么是真正的小说？

汪曾祺的文学世界是“去伤痕”“去反思”“去政治”“去时代”“去宏大”的，而这些特征都与刚刚过去的时代毫无关联。他的作品绘风俗、写底层百姓、谈吃……通通直指人性、美、诗意等纯粹的文学审美元素，读者一读就能产生与生活自然的贴近之感、美的享受、清新的体会。事实上，他接续了“五四”以来的文学审美，重新搭建起了真正的文学欣赏样式，所以震撼人心，因为人们已经几乎快要忘记什么才是

① 汪朗．写了个小和尚的恋爱故事//汪朗，汪明，汪朝．老头儿汪曾祺：我们眼中的父亲．北京：中国人民大学出版社，2000：163.

真正的文学之美了。

随着汪曾祺作品越来越多地问世，又恰巧处于辞旧迎新、开风气的80年代，他的创作实践得到了许多读者尤其是年轻一代的积极响应，文学研究界对他的作品的讨论也越来越多了。到80年代中期，对于汪曾祺的综合性研究逐渐多了起来，研究角度也丰富了起来。有将其与寻根派阿城等人一起探讨的，也有从语言和文体风格、审美追求角度研究的。马风教授认为，汪曾祺的小说充满了浓郁的风俗人情味，以文化内容为基础，但还不具备见识的社会性张力，也缺乏身后的历史性基础。曹文轩教授则认为汪曾祺的小说中的道德和感情方式是原始的，这使得小说有一种力量，“这种力量并未达到振聋发聩、令人心情激荡的程度，但却会使人心灵深处持久地颤动”①。

到1989年，汪曾祺作品研讨会在北京召开了，诸多知名研究家诸如黄子平、陈平原、吴组缃、李庆西、李陀等人，以及一些国外的汉学家都出席了研讨会，这次会议规模较大，应该说汪曾祺在研究界的地位已然很重要了。《北京文学》在1989年的第1期刊登了“汪曾祺作品研讨会专辑”，这个专辑收录了诸多重要文章，包括汪曾祺自己的文章。这次研讨会上，研究者们重点讨论了汪曾祺小说与地域文化的联系，以及其作品中

① 曹文轩．水洗的文字——读汪曾祺//阅读是一种宗教．合肥：安徽教育出版社，2011：58.

的“士大夫气”等。

80年代末的这次研讨会应当说推动了汪曾祺研究走向深化，也进一步扩大了汪曾祺的影响力。从一开始的质疑和观望到关注其独特的文学价值，不仅是汪曾祺价值的被认可，更是一代人在逐渐摆脱时代的禁锢，重新审视文学本身。

90年代，中国社会进一步开放，社会生活经历着巨大的变革，文学思想界也思潮涌动，各种新鲜的观点及文学创作尝试都涌现出来，人们的评价更为自由，而对汪曾祺的评价也更为复杂了。这其中有从传统文化研究转向地域文化研究的，有研究汪曾祺与沈从文的继承关系的，有研究其文本中的悲剧美学的，还有学者进一步研究其语言在丰富现代汉语方面的贡献的，更有从西方哲学精神层面来研究汪曾祺作品的意义的。研究角度虽进一步复杂，但有一点却是惊人地统一，那就是对其美学气质的概括、对其作品审美价值的肯定以及对其在文学史上的重要意义的认识。1997年，汪曾祺去世，他的离开甚至被诸多人认为“中国最后一位士大夫不在了”，他的离开意味着一个时代的终结。至此，不仅汪曾祺的作品已然成为文学界的重镇，其人与时代的联系也受到了较大的关注与解读。汪曾祺热不仅在文学研究界盛行起来，民间也燃起了对他的热情。

2000年后，汪曾祺研究逐渐平稳化，有学者从文学史的角度将其与“五四”精神联系起来，并发表了重要文章，比如文学武、丁晓萍的《汪曾祺与五四文学精神》和季红真的《汪曾祺与“五四”新文化精神——汪曾祺小论》等，这些文章指出其小说平淡中亦见幽愤，体现了“五四”精神中批判的锋芒和反抗的思想；还有罗岗的《“1940”是如何通向“1980”的？——再论汪曾祺的意义》，试图从时代的脉搏中去找寻汪曾祺的意义。另外，汪曾祺散文中的烟火气、美食中的生活情趣，以及那份宠辱不惊的士大夫姿态都进入了研究者的视野。

上世纪80年代至今，对汪曾祺的研究已经走过四十年。研究声音从质疑到认可，研究内容从简单到复杂，研究状态从争鸣到平稳，汪曾祺最终成为文学史上不可抹去的一个名字。这既是汪曾祺作品的魅力使然，亦是中国当代文学不断自我修正和认识的过程。正如一位研究者所说：“因为汪曾祺，因为汪曾祺的小说，让我们更加清晰地看到中国现代文学与中国当代文学的血脉联系，甚至可以从中使我们感受到古典文学的芬芳。也正因此，汪曾祺的小说研究并没有在甚嚣尘上中淹没，这是研究者们对其小说中所渗涵的乡土气息和文化传统的追寻，也是对这位寻根者、寻梦者的自觉推崇，亦是研究者对中国传统文化与人文精神在失落中的重拾。”①

① 马杰．汪曾祺小说研究综述．广西师范学院学报（哲学社会科学版），2013（1）．

# 还进了中小学课本

作家有名有才的多，但不是谁的作品都可以被选进中小学课本。汪曾祺只想到了自己能进文学史，却没想到自己的作品还进了中小学课本里。

为什么选进中小学课本难？从鲁迅作品在中学语文课本中的反复删与加就可见一斑，因为一旦面对孩子，给他们读什么就要慎重。在语文教学大纲中规定了选入教材中的文章要具有典范性，文质兼美，题材、体裁、风格应该丰富多样，富有文化内涵和时代气息，难度要适中，适合学生学习。因此，给孩子们的课本，第一需要引导性，第二需要示范性，第三还要有审美性，既不能太深奥，又不能太晦涩，也不能太平白，在思想上更不能脱离积极正能量的一面，总之，要求太多。而就在这样严苛的要求下，共有人教版、苏教版、沪教版等多个版本的语文教材收录过汪曾祺的作品，总数达16篇。甚至在苏教版的教材中还设计了《从汪曾祺小说看语言创新》的选修专题，这是唯一的教材中设置单个作家作品的专题研究。足见汪曾祺的文章受到了选编教材的专家学者的一致青睐。

汪曾祺被选入教材的作品有脍炙人口的《端午的鸭蛋》《大淖记事》《胡同文化》《受戒》等，还有《陈小手》《鉴赏家》《踢毽子》《金岳霖先生》《葡萄月令》《初访福建》《使这个世界更诗化》《中国戏曲和小说的血缘关系》《职业》《故乡人》《云致秋行状》《昆明的雨》，共16篇，其数量之多、类型之广，在现当代作家中实属少有。有趣的是，汪曾祺的作品在上世纪90年代前未曾入选教材，在21世纪后却被多部教材选中了。

为什么偏偏是汪曾祺？理由很多。

首先是思想价值的引导性。能选入中小学课本的文章，第一是思想价值纯正而具有积极向上的倾向。中小学生是未来的花朵，他们正处在思想观、价值观萌芽和形成的关键阶段，因此，教材中的作品首先要具有思想意识上的纯正，能对孩子们产生积极正向的引导。汪曾祺是个热爱生活的人，又善于描写美好纯真的人性。他笔下的人物，无论是走街贩卒，还是和尚渔夫，或是手艺人、读书人，都具有淳朴勤劳、善良亲切的可贵品质。比如《受戒》中的小英子和小明子，机灵聪明又天真活泼，汪曾祺要展现的是健康的人性。而《大淖记事》中的巧云、十一子、乡亲们都各有可贵的品质，巧云和十一子忠贞不渝，乡亲们善良且义薄云天。

【经典品读】

**汪曾祺《大淖记事》中对锡匠们为十一子讨公道的描写**

锡匠们开了会。他们向县政府递了呈子，要求保安队把姓刘的交出来。

县政府没有答复。

锡匠们上街游行。这个游行队伍是很多人从未见过的。没有旗子，没有标语，就是二十来个锡匠挑着二十来副锡匠担子，在全城的大街上慢慢地走。这是个沉默的队伍，但是非常严肃。他们表现出不可侵犯的威严和不可动摇的决心。这个带有中世纪行帮色彩的游行队伍十分动人。

游行继续了三天。

他们举行了“顶香请愿”。二十来个锡匠，在县政府照壁前坐着，每人头上用木盘顶着一炉炽旺的香。这是一个古老的风俗：民有沉冤，官不受理，被逼急了的百姓可以用香火把县大堂烧了，据说这不算犯法。

《鉴赏家》写了季匋民和叶三两个独特的人，歌颂的是真挚淳朴的人与人之间的珍贵友情。季匋民是个大画家，叶三却是个卖果子的，但二人一个给对方送画、一个给对方送果子，成了彼此的知音。这段高山流水般的友谊让人感触颇深：真正的友谊是无关乎利益、无关乎地位的。文学是有净化功能的，今天是价值观多元的时代，学生阅读这些作品，能够感受善良的人性、对品格的坚守，在这些真善美的熏陶下，得以培养其高尚的道德品质。

其次是语言的典雅平淡。汪曾祺的散文或小说都以典雅平淡著称，他的语言无所修饰，但有种洗净铅华的干净和淡然，这种淡淡的优美毫不造作，但这种风格并非无意形成的。汪曾祺有着自觉的语言意识，他认为文学作品的语言并不比内容地位低，他自己这么表述："语言不只是一种形式，一种手段，应该提到内容的高度来认识……语言不是外部的东西。它是和内容（思想）同时存在，不可剥离的。语言不能像橘子皮一样，可以剥下来，扔掉。世界上没有没有语言的思想，也没有没有思想的语言……语言的粗糙就是内容的粗糙。"[①]因此，在汪曾祺的文章中，语言和内容都有着较高的审美价值。单看《大淖记事》这一段：

① 汪曾祺．中国语言文学的问题//汪曾祺全集（四）：散文卷．北京：北京师范大学出版社，1998：217.

【经典品读】

### 汪曾祺《大淖记事》中关于大淖四季景色的精彩描写

春初水暖，沙洲上冒出很多紫红色的芦芽和灰绿色的蒌蒿，很快就是一片翠绿了。夏天，茅草、芦荻都吐出雪白的丝穗，在微风中不住地点头。秋天，全都枯黄了，就被人割去，加到自己的屋顶上去了。冬天，下雪，这里总比别处先白。化雪的时候，也比别处化得慢。河水解冻了，发绿了，沙洲上的残雪还亮晶晶地堆积着。这条沙洲是两条河水的分界处。从淖里坐船沿沙洲西面北行，可以看到高阜上的几家炕房。绿柳丛中，露出雪白的粉墙，黑漆大书四个字："鸡鸭炕房"，非常显眼。炕房门外，照例都有一块小小土坪，有几个人坐在树桩上负曝闲谈。不时有人从门里挑出一副很大的扁圆的竹笼，笼口络着绳网，里面是松花黄色的，毛茸茸，挨挨挤挤，啾啾乱叫的小鸡小鸭。

这段描写大淖的四季的语言，仿若诗歌一样的语言，松松散散，长长短短，加上叠词的使用，都使得文章读来自有一种和谐的节奏；在用词上全无修饰，用语稀松平常，却有种别样的淡然的美，比如"挨挨挤挤，啾啾乱叫的小鸡小鸭"自然又生动，一群活蹦乱跳的小活物仿佛就在你眼前；一年四季也就那些常见的植物，但有紫红、灰绿、雪白、黑漆还有松花黄多种色调，颜色明丽多样又不那么鲜艳。读汪曾祺的文章，第一享受的就是语言的典雅质朴之美。

除了语言的优美之外，汪曾祺的语言还充满了地域特色和浓厚的生活气息。他利用民间俚语、俗语、口语等把俗世生活中的语言书面化，告诉青少年生活语言亦可以烧出文学的味儿来。比如《胡同文化》这篇就是典型的例子——

【经典品读】

**汪曾祺《胡同文化》中**
**雅俗并存的精彩语言描写**

我们楼里有个小伙子，为一点事，打了开电梯的小姑娘一个嘴巴。我们都很生气，怎么可以打一个女孩子呢！我跟两个上了岁数的老北京（他们是“搬迁户”，原来是住在胡同里的）说，大家应该主持正义，让小伙子当众向小姑娘认错，这二位同志说：“叫他认错？门儿也没有！忍着吧！——‘穷忍着，富耐着，睡不着眯着’！”“睡不着眯着”这话实在太精彩了！睡不着，别烦躁，别起急，眯着，北京人，真有你的！

> 北京的胡同在衰败，没落。除了少数“宅门”还在那里挺着，大部分民居的房屋都已经很残破，有的地基柱础甚至已经下沉，只有多半截还露在地面上。有些四合院门外还保存已失原形的拴马桩、上马石，记录着失去的荣华。有打不上水来的井眼、磨圆了棱角的石头棋盘，供人凭吊。西风残照，衰草离披，满目荒凉，毫无生气。

这两段文字将老北京常见的生活语言和典雅的文学语言结合起来，显得别有风趣，使得文章既充满生活气息又有着浓郁的书卷气，把老北京的那种隐忍和对胡同文化衰落的伤感恰到好处地表现了出来，实在是有味儿。

语言学习在中小学的阅读教学中是很需要的，因为语文教学很重要的一部分就是语言表达的欣赏和运用。如果只注重内容的教学，而缺少了对于典范语言的模仿和鉴赏，那么我们的语文教学就缺失了文学审美和文学表达最重要的一环。汪曾祺的文章文质兼美，既能让学生欣赏美，又能让学生在阅读中模仿和学习如何运用恰当的言语形式进行表达。

再次是在如何写文章上，汪曾祺更是中学生学习的典范。写作是一个人语文素养的综合体现，更是其语文能力的最高展现，因此需要一些可供学生学习的典范。中学语文课程标准对学生写作要求能够表达自我、表现真情、发现生活，还能够掌握一定的写作技巧。

汪曾祺的散文尤其重视真情表达。在平淡的语言下，他往往善于发现生活中的细节，在细节中给人以真情的感受和动人的力量。比如《金岳霖先生》一文，就将一个饱有学识却又天真如赤子的教授形象展现了出来，没有矫揉造作，没有轰轰烈烈的大事件，却能动人心弦，颇有晚明小品文的风致。比如这段——

【经典品读】

**汪曾祺《金岳霖先生》中对金岳霖天真一面的描写**

金先生是个单身汉（联大教授里不少光棍，杨振声先生曾写过一篇游戏文章《释鳏》，在教授间传阅），无儿无女，但是过得自得其乐。他养了一只很大的斗鸡（云南出斗鸡）。这只斗鸡能把脖子伸上来，和金先生一个桌子吃饭。他到处搜罗大梨、大石榴，拿去和别的教授的孩子比赛。比输了，就把梨或石榴送给他的小朋友，他再去买。

一个天真的大人形象出来了，在他一生中有很多重要的事，但汪曾祺只选了和孩子比赛斗鸡这一件。还有——

【经典品读】

**汪曾祺《金岳霖先生》中对金岳霖痴情一面的描写**

林徽因死后，有一年，金先生在北京饭店请了一次客，老朋友收到通知，都纳闷：老金为什么请客？到了之后，金先生才宣布："今天是徽因的生日。"

只一句话，便写活了一个痴情、重情、有温度的金岳霖，这是匠心独运的细节的力量，因为真实而动人。汪曾祺的这种写法亦告诉中小学生们留心生活中的点滴，点滴中蕴藏着最丰富的素材。比如《昆明的雨》《端午的鸭蛋》，简单的食物却妙趣横生，生活的美和真情亦在其中。

在中小学，很多学生缺乏生活体验，作文往往出现文辞华丽、内容空洞的造作情况，这与真正的写作相距甚远，而汪曾祺的从日常生活取材、抒发真情的文章为他们提供了典范。

# “热”出圈子的汪曾祺

所谓的圈子是文学界，也就是说汪曾祺在普通大众那里也大热。汪曾祺逝世至今二十余年，他的再版著作已经超过了几百种，远远超出了他生前出版的数量。近几年，“快、短、浅”阅读平台和途径爆红，而汪曾祺这位严肃的作家依然备受读者宠爱，网络上到处都流行着他的金句，比如：“世间许多事，想想很有意思”，“人生，一定要爱着点什么”；百度推荐中时不时就会出现汪曾祺的散文，而且民间有很多自发的汪迷和汪粉。如此庞大的阅读群体，这是汪曾祺没有料到的，因为他一直认为自己是主流外的。的确，这是不可思议的，但又是合情合理的。

阅读受众庞大，这说明汪曾祺适应了大多数人的口味。而大众喜欢的要“俗”，他的特点正在“俗”：吃食，小温暖，小市民，家长里短，生活百态，样样都和人们的俗世生活相关，因此人人都能看，那种从平凡人生中挖掘出的真情亦能引发广泛的共鸣，这就是其艺术魅力得以被大多数人接受的原因。

在俗世生活引发的共鸣外，看汪曾祺的文字亦是美的享受，是小情趣的享受。其既不是高高在上的晦涩难懂的精英文学，又远远超越了烂俗的网络文学；语言既具民间性又具典雅性，这正好适应了现代人雅俗共赏的需求，适应了中产阶级工作、闲暇之余的阅读需求，自然是受众稳定。

另外，随着中国经济社会的快速发展，人们在快节奏的生活中繁忙奔走，生活中的一切都以快为宗旨。而汪曾祺的风格恰恰是慢。小英子的世界，大淖里的世界，那些田园中的人们，充满地域风情的各色人物，在过去的生活里慢慢生活着；配上淡然的语调、平和的语言，给了现代人一个悠然的心灵栖息地。

正如学者季红真所说："他是和社会文化的整体一起变化，民间的立场成就了他艺术的长久生命。"[①]

经典之所以成为经典，自然是建构出来的，但最为重要的还是因为这些经典之作本身经得住时间的淘洗，穿越时空依然蕴含动人的力量；但无数的经典成就经典之路也并非理所当然和一帆风顺。这段成就经典的路途，就是其本身价值被逐渐探索、发现和得到认可的过程，是其光芒逐步被揭开的过程。

---

① 汪曾祺热·学者季红真：汪曾祺为民族保留文化史记忆．齐鲁壹点，2019-03-17.

所以，今天我们要读汪曾祺，并且想要读懂汪曾祺，就得回望历史，了解汪曾祺之所以成名的原因，看一看文学史里的汪曾祺，读一读课本里的汪曾祺，再做个普通大众，单纯地跟汪曾祺一起吃吃喝喝，看花看草看人，享受那文本中的醇香滋味。

【我来品说】

1. 汪曾祺作品能被选入中小学课本的原因是什么？

2. 你最喜欢汪曾祺哪一篇文章？如果让你来选，你愿意选择哪些文章进入中小学课本中？

3. 一部作品要成为文学经典需要具备哪些条件？